極地歸航

李樂詩的光影紀行

李樂詩　口述
譚建忠　著

1 推薦序 沈祖堯教授

FOREWORD ONE (01)

我與 Rebecca 的相識始於 2008 年。那一年，我有幸邀請到著名女探險家李樂詩博士蒞臨大學，為師生們舉辦一場專題講座。席間，我目睹這位傳奇的女攝影家如何以單槍匹馬之姿，遠赴地球三極，用鏡頭記錄下極地的壯麗景色，以及那些隱藏在照片背後的感人故事。她多年來奔走於小學、中學及大學，透過巡迴講座分享她在極地的見聞，激發青年一代肩負起保護地球的使命感。透過她唯美的影像和生動的講述，我的思緒也彷彿隨着她的足跡，穿越到極地的冰雪天地。

講座結束後，我與 Rebecca 坐下閒談，她毫不猶豫地向我提出，將她一生在三極的珍貴收藏捐贈給大學。她的目標純粹而深遠：籌建一座極地博物館，讓這些藏品能夠得以展出，將環保的精神代代相傳。她的眼神中沒有絲毫猶豫，只有對這個目標的堅定。我被她的真誠與使命感深深打動，當即承諾全力支持。

三年後，在香港賽馬會的慷慨贊助下，極地博物館終於揭幕。那一天，我清晰地記得 Rebecca 臉上洋溢的笑容，那是一種發自內心的滿足，彷彿一位母親見證自己孩子的誕生與成長。後來我才知道，為了實現這一願景，她多年來四處奔走、尋地籌資，付出了無數心血。她的無私與堅毅，讓我由衷敬佩。

每年來館參觀的人着實不少，其中既有學生與教師的學習團，也有大大小小的旅行團，甚至退休人士和銀髮的「老友記」。他們透過照片與藏品，重新審視地球與人類的關係，汲取深刻的啟發。我這才明白，她臉上充滿喜悅的原因。

時光荏苒，轉眼已是十多年。如今，年過八十的 Rebecca 已難以如昔日般登山涉水遠赴極地，但她並未停下腳步，而是選擇通過文字、圖片和她無盡的熱忱，繼續將極地的故事娓娓道來。

在這本口述歷史中，Rebecca 把她一生的經歷向世界剖白。人生能有幾個二十年？她一步一腳印的帶我們走進她的世界，她的極地之旅。這不僅是她個人生命的縮影，更是一曲對自然的禮贊，一次對生命的深刻反思。字裏行間，她將生命與大自然緊密交織，讓我驚歎、讓我感動。

從 Rebecca 的故事中，我深刻體會到，我們每一個人都是大自然的一部分，在漫長的時空中，周而復始，循環不息。在這感悟中，我看見地球母親的偉大，也看見自己的渺小。我們應當以謙卑與感恩的心，對大自然懷有敬畏，對地球深存愛護之情。

我感謝李樂詩將她的一生奉獻給地球，亦感謝造物主賦予我們智慧與恩典。願這份對自然的敬畏與熱愛，能世代相傳，永不止息。

2 推薦序 許鞍華導演

FOREWORD
TWO
(02)

因為電影的緣故，我與 Rebecca 得以相識。1979 年，我受蕭芳芳之邀，執導電影《撞到正》。這是一部「全女班」製作的作品——從編劇、導演、監製到美術指導，所有主創皆為女性。

電影劇組的首次會面安排在半島酒店。Rebecca 給我的第一印象是既神秘又略帶威嚴。她剪着短髮，身穿無袖連身短裙，搭配涼鞋，穿着高雅中透着一股時尚氣息。她是那種舉手投足間散發自信的女性，話語不多，卻充滿見地。

然而，第二次的見面顛覆了我對她的初印象。為籌備電影，我們相約到洪水橋拜訪一位捉鬼大師。讓人意外的是，Rebecca 居然主動提議參加。聚餐時，她大快朵頤，尤其偏愛芋頭扣肉，席間談笑風生，毫不拘束。我這才發現，她並非外表看起來那樣高冷內斂，而是性格親切、率真自然的人。她的真性情讓我瞬間放下了心中的距離感。

Rebecca 時常邀請大家到她位於中環雲咸街的辦公室討論劇本。她的辦公室裝潢極具品味，透出她的格調與品位。劇組上下都很喜歡她，不僅因為她的才華，還因為她的慷慨與熱心。她樂於將廣告界的人脈資源分享給劇組年輕人，為他們創造學習與成長的機會，無論是攝影師還是場記，均受益匪淺。

在拍攝過程中，Rebecca 的創意和急智特別令人佩服。我記得有一場戲，需要蕭芳芳「鬼上身」變成單眼皮的劉天蘭。她靈機一動，用膠紙和簡單的幾筆化妝筆觸，輕鬆創造出堪比特效的效果。片場裏，她經常手持化妝筆四處奔走，為演員調整妝容。她深厚的繪畫功底，讓她設計出比真正花旦更美的妝容。

我們的製作經費有限，Rebecca 為了節省成本，親自到處尋找或製作服飾，確保服裝與場景的搭配毫無違和。即便多年後回看這部電影，那些服裝的色彩與場景的搭配依然令人驚艷，視覺效果出眾。

這段電影拍攝的經歷格外難忘。劇組成員宛如一家人，一起玩、一起笑。我們無憂無慮，沉浸於創作之中，純粹而快樂。

電影完成後，我和 Rebecca 的友情也未曾間斷。我們曾連續好幾年，大年初三一起去求籤。籤文中喜歡的內容我們會記下，不喜歡的則刪掉。求籤後，再去吃碗雲吞麵，喝杯奶茶，互相祝福來年順遂。Rebecca 也會到我家拜年，向我的母親問好。

隨着 Rebecca 投身極地探險，而我也在影藝道路上追夢，我們的見面次數漸漸減少。她身邊的朋友對她傾家蕩產追逐極地夢或許會感到擔憂，甚至難以理解。但我並不驚訝，似乎早已料到她會做出這樣的選擇。Rebecca 外表文靜，內心卻充滿冒險精神。早在中學時期，她便挑戰渡海泳，那份勇氣與決心，早就體現出她的非凡特質。Rebecca 一直懂得為自己規劃人生，三十多歲便創辦了自己的公司，還置下了物業。記得當時在長洲拍戲時，她趁空檔四處看房子，突然告訴我們：「我剛剛買下了一間度假屋。」

她對人生的規劃始終清晰，清楚自己要甚麼，無論是創業、家庭，還是規劃未來的每一步，總是井然有序。她堅定的信念，注定她不會過平凡人生。

旁人或許覺得好奇，為何一部電影的緣分，能讓我們維繫深厚的友情多年。我想，這與我們相似的價值觀與生活態度有關。我、Rebecca、芳芳和天蘭，都是對生活有要求、有計劃的人。不論是在事業上勇往直前，還是在享受生活中品味細節，我們都擁有自己獨到的見解與清晰的目標。

Rebecca 雖然對自己嚴苛，卻從不對朋友妄加指點，更不將自己的價值觀強加於他人。這種尊重讓人感到格外自在。

我們不是經常見面或親密無間，但每次重逢都像久別重聚般自然隨和。我們的友情不需要刻意維繫，彼此各自忙碌，偶爾心血來潮就相約聚談。這種自然不刻意的交往，反而是最舒服的，所有情感都盡在不言中。

Rebecca 讓人敬佩的一點，是她的謙遜與低調。她從不炫耀，也不刻意展露才華。認識她多年後，我才知道她會唱粵曲，還擅長跳舞和攝影，但她從未特意提起。真正有才華的人，往往是謙遜的，而 Rebecca 恰是如此。

Rebecca 鮮少向他人提及自己所經歷的困難。這次，她願意通過這本傳記，與公眾坦露自己的內心世界，分享多年來的挫折與冒險，實屬難能可貴。透過這本書，我更深入地了解她在創業過程中的艱辛以及極地探險的非凡歷程。我相信，Rebecca 的經歷必將為讀者帶來寶貴的啟發與借鑒。

我感恩能與 Rebecca 相遇，也期待她的故事能鼓舞更多人，勇敢追尋屬於自己的夢想與人生目標。

自序
(PREFACE 01)
李樂詩博士

我很感恩，在人生歸航之際，遇到了 Jerry 這位年輕人。他願意為我的傳記執筆，為我這段特殊的人生旅程寫下總結。這本書，不僅是我對過去的回顧，更是對未來的寄望。我希望藉此，將我的故事與精神傳承給年輕一代，而由年輕人撰寫我的故事，再合適不過。

從我年幼時的小女孩，到今日八十多年的生命旅程，有些連我自己都快遺忘的點滴，他卻能一一還原，梳理得井然有序。這樣的能力與用心，着實令我感動。

更令我驚喜的是，很多我隨口提及的細微經歷，他卻能深入體會，準確捕捉其中精髓與我內心的情感。Jerry 的文字不僅真切，更讓我感受

到他對探索人生的深切渴望。他的旅程剛剛起步，未來的路或許充滿挑戰，但我相信，他會如同我當年一樣，勇敢探索，披荊斬棘。

回首過去數十年的極地經歷，無數場景、人物與故事如電影倒帶般在腦海中重現。我時常想念那些默默奉獻的科學家與後勤英雄，其中不少已與世長辭。他們為中國極地科考付出的青春與熱血，遠超我個人能夠做到的。相比之下，我僅是一位普通的女性。在冰天雪地裏，我只是像一粒微塵般渺小的存在，但即使如此，我依然堅信，個體的努力能為浩瀚的大地灑下光與熱，帶來希望與改變。

作為女性，我此生無悔。我希望這本書能啟發更多年輕人，尤其是女性，勇敢追夢，探索人生的更多可能。我的經歷或許艱辛，但這段旅程帶給我的收穫，無比珍貴。我希望藉此與年輕一代對話，分享我一路走來的心得。

年輕人往往迷茫於未來的方向，但任誰也無法預測未來。時代快速變遷，充滿未知。人生每個階段都有其特定的使命，我們需要細心計劃，但也要有適應變化的勇氣。當計劃趕不上變化時，不妨擁抱生活的波瀾，享受探索的樂趣。

人生就像探險，不僅要「生」，更要「活」。短暫的生命，不只是以生存為目標，更要追求意義。人類擁有智慧與天賦，應該更努力地追求卓越，開創獨特的道路，定義自己的成功。

我亦希望這本書能喚醒人們對自然與環境的關注。我的努力與堅持，深深植根於對大地的情懷和對自然的熱愛。不論是南北極的酷寒、珠峰的崎嶇，還是沙漠的炙熱，每一處都給予我深刻的薰陶與啟發。我能夠寫出數十萬的文字，也是因為大地賜予了我靈感，使我能以文字傳遞世界的美好。我能夠創作出眾多畫作，那是因為大地為我鋪展了畫布，用它的山川河海描繪了壯麗的圖景。我對大自然的熱愛，促使我走過三極；這份情懷，也成為我創作的靈感源泉。

一路走來，我衷心感謝所有支持和愛護我的人 —— 我的父母、家人，以及楊振寧教授、查良鏞先生、高錕教授、袁士傑博士和林光如先生。我也要向一眾中國科學探險家、極地科學家及隊友們致以誠摯的謝意，特別是中國首次南極考察隊隊長郭琨先生，以及 1993 年與我同行南極的所有隊友，包括陳茂波司長。自從南極返港後，陳司長一直大力支持我推動環保工作，並在 2007 年擔任極地博物館基金的會長，多年來為基金會作出重要貢獻。時至今日，三十二年過去了，大家依然秉持南極精神，在各自崗位上為社會默默奉獻，實在令人欽佩。

此外，我要特別感謝沈祖堯教授和許鞍華導演為我撰寫序言，他們兩位都是我生命旅程中十分敬重的人物。

人生的路上，每一位與我相遇的人，無論是扶持、啟發還是同行，都是我堅持不懈的力量。

未來，我希望回歸平靜，繼續服務社會，特別是服務其他同齡長者。同時，我也期待年輕一代承接我們的精神與責任。這是我的歸航，也是他們夢想的啟航。

自序

(PREFACE 02)

譚建忠

我與李博士的相識，始於北極。2011年，還是高中生的我，有幸參加了由李博士籌辦的北極考察，從此成為她的「極地學生」。

在大學年代，我不時會約她見面一聚。每當聽到我的近況，她總會眼睛一亮，笑着說：「太好了，上軌道了，我很放心！」我有些微成就，總會迫不及待與她分享。其實，我並非想向她尋求職業上的具體建議，更重要的是她的認同和支持，猶如一劑強心針，讓我能夠無懼前行。

大學畢業後，工作與生活帶來的現實考量逐漸增多，我向她傾訴了心中的憂慮，以及在理想與現實間的掙扎。為了鼓勵我，她敞開心扉，分享了以往從未對我提及的故事。也是在踏入社會之後，我才真正明白，她所走的路是何其艱辛與孤獨，需要多麼堅定的勇氣，才能在世俗價值觀的重重考驗中活出不凡的人生。

我由衷感謝李博士對我的信任，將記錄她人生故事的重任託付於我。

為了這本書，我們不知訪談了多少回：從週末清晨八點開始，我們邊吃早餐邊談，一路聊到日落。有時候連我都覺得累了，她倒是越講越起勁，絲毫不見倦意。

除了回溯往事，我們也會暢談未來：極地博物館基金的新項目、創作與拍攝的構想、重返南北極的新計劃……每談及未來，她眼裏總會閃耀着光芒：「太興奮了，又可以玩了！」緊接着又笑道：「我玩了一輩子，真的幸福又感恩。」在一個年過八十的人身上仍能見到宛若青年般的活力，正是源於那份豁達而熱情的生活態度。

李博士並不喜歡緬懷過去，更不因成就自矜。她叮囑我：「不要把我寫得太好，要謙卑。」書的封底原擬寫上「願後來者亦能拾起她的光芒」，但她卻說：「我沒有甚麼光芒，年輕人應該追隨自己所想，發光發亮。」

為了讓我全面了解她，李博士領我走進她的生活：她帶我到新光戲院，看她為長者獻唱粵曲；她邀我參加極地隊友的聚會，聆聽那些屬於極地的點滴回憶；她還帶我重返她童年走過的足跡，尋索那些幾近遺忘的記憶。

一天，我們又是從清晨聊到下午。談及童年生活時，她突然放下手中的咖啡，站起來說：「走吧，到中環逛逛。」於是，我們從雲咸街走到中建大廈，再到閣麟街、士他花利街，最後來到威靈頓街。她站在街頭，手舞足蹈地描述自己如何在父親店鋪門口幫忙曬象牙，放學後又如何偷偷跑去中央戲院看粵劇。她還帶我走過那些橫街窄巷，向我描繪舊香港的景象，講述那些至今仍讓她記憶猶新的「小人物」：補鞋匠、剃頭匠、梳頭婆……

聽着她細數兒時記憶，我腦中一幅幅畫面湧現，彷彿穿越時空，遊走在七八十年代那個熙攘熱鬧的老香港。她的一生融入了時代變遷，見證了香港最輝煌的五十年歷史。而這本書，既是對她人生的紀錄，也是對那段城市歷史的追溯。

在她漫長的人生旅途裏，探索從未間斷。即使年逾八旬，面對新事物仍充滿好奇。最近我向她展示用人工智能生成的海報，她戴上眼鏡仔細端詳，驚歎道：「太神奇了！」卻又笑着感嘆：「想學的東西太多，但無奈老了，精力有限，現在連寫字手也在抖呢。」聽到這番話，我豈能不珍惜我所有的青春與精力，努力做些有意義的事？

我們每次見面，在入正題前總會先閒聊一番：談電影、聊音樂、述歷史、講旅遊。我們恍如知己般，自由地分享對世界的觀察與想像。我才明白，原來忘年之交竟是如此奇妙。

李博士對我的影響深遠。聽着她一路走來的故事，我總會不斷思索該如何像她一樣，走出一條忠於自我、獨特而豐盛的人生路。每當迷茫時，我都會從她的智慧與堅韌中找尋信心與盼望。

我衷心感謝所有願意花時間讀這本書的人。李博士並非為自己而出版，而是為了下一代。她將一生所學傾注於後輩，時至今日，仍每日搭着地鐵，奔走於各種演講、頒獎、評審與義工活動之間。我多次叮囑她保重身體，減少奔波，她卻笑答：「為年輕人的事，怎能拒絕呢？」

這本書講述的是一位少女追夢的故事：在世俗與人性的考驗下，依然堅守初心，走出一條非凡的人生路。願你和我一樣，從李博士的故事中獲得啟發，在困境、迷茫中能找到前行的勇氣。

寫到這裏，心中滿是感慨。這段寫作旅程太精彩，而隨着故事接近尾聲，難免充滿不捨。就像一部電影即將落幕，離場之際，還不願離開電影院，默默期待着續集。而那續集，將由她的學生、聽過她講座、讀過她的書、看過她紀錄片的人們續寫——每一個因她的精神所觸動而奮鬥，行出不凡人生的人，都屬於傳承的一部分。

最後，願我們也能如同李博士般，懷着謙卑的心，守護上帝所賜予的美好大自然。

目　錄（CONTENTS）

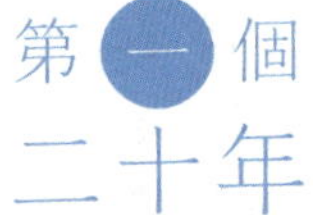

第一章：春風化雨

第二章：東方之珠

第三章：香港印象

第四章：少女時代

第五章：藝術奇遇

第二個二十年

第六章：桃李年華

第七章：婚姻故事

第八章：東山再起

第九章：環遊世界

第十章：大江南北

第十一章：電影夢工場

目 錄 (CONTENTS)

第三個二十年

第十二章：極地征途

第十三章：南極夢幻

第十四章：茫茫北極路

第十五章：珠峰密語

第四個二十年

第十六章：雪龍號訪港

第十七章：極地博物館

第十八章：教育傳承

第五個二十年

第十九章：未來

第一個

每一次努力
都在塑造我的品格，
每一份執着
都支撐着我邁向更高處。

二十年

第 1 章
(CHAPTER ONE)

春風化雨

廣州大新街

故事要從八十多年前說起。我出生在大約 1942 年，加上「大約」是因為直到今天，我也沒弄清楚自己究竟在哪一年出生。當年的孩子大多沒有出世紙，加上家裏兄弟姊妹眾多，母親對於孩子的生日都是糊里糊塗的。

我出生在廣州大新路。記憶中的大新路很長，似乎永遠走不到盡頭。街道兩旁是充滿華南特色的「騎樓」，每棟房子樓高三到四層，地下是鋪面，樓上是住宅。每家人都會用粗黑的楷書在店外兩棟柱子刻上自己店鋪的名稱。每家店鋪前都有一片頗為寬敞的空間，我每次路過總會不由自主地低頭，仔細觀察地磚上有趣的圖案。

大新路有眾多象牙鋪，皆因四十年代的大新路是象牙雕刻業的集中地，吸引許多外商來此購買象牙製品。早於清代，大新路就有「珍奇多聚大新街，翡翠明珠次第排」的記載。

我父親李柱輝，便是大新路上其中一家象牙雕刻店的老闆。他從鄉下來到廣州後，在一家象牙老字號「誠昌」當了五年學徒。學有所成後，他與友人合夥開了一間象牙廠。除了設廠，他還要找買家。由於當時象牙主要供應給香港及其他透過香港轉口的市場，他需要經常往返香港與廣州。經過一段艱苦的創業期，父親在大新路租下了一棟三層樓房。一樓是賣象牙工藝品的店鋪，一進門就可看見兩排擺滿精雕象牙品的櫃檯。二樓是象牙雕刻的工廠，三樓是住家，四樓是天台。

我最愛看師傅雕製象牙球，也就是坊間所稱的「鬼工球」。清代中期以後，廣州牙匠擅長用一塊實心的象牙，雕製出玲瓏剔透，能夠自由轉動的套球。象牙球代表着極致的中國奇巧工藝，對技術的要求甚高，製作工序亦很繁複。我最愛注視象牙球鏤空雕刻於每層的不同圖案，有百花、龍鳳，亦有山水、亭台及十八羅漢等人物。欣賞象牙工藝品，屬於我最早的藝術薰陶。

母親說我小時候很胖，所以家裏人都叫我「南瓜」。我從小就很安靜，獨愛觀察不愛講話，也甚少啼哭，可以像南瓜一樣坐着一整天。後來，家裏有一台收音機，常常播放小明星的粵曲，還有《夜半歌聲》、《風流夢》等流行曲。父親下班後總愛坐在椅子上，閉上眼睛哼唱着歌。我雖尚未懂歌曲，但那家鄉的音韻至今仍縈繞在我的記憶中。

家鄉三水

到我五歲的時候，生活的場景起了變化。母親說要帶我和妹妹回鄉住一段時間。我對何謂回鄉根本毫無概念，但當我知道要出遠門，心裏倒是有點莫名的興奮。隔天，收拾行裝後，母親便領我們啟程。把兩姊妹帶上火車後，母親大概因為過於勞累，很快便睡着了。而我的一雙小眼睛，幾乎沒有離開過沿路的風景。當火車離開廣州市區，駛入廣東農村時，我感覺彷彿踏入了另一個世界。

抵達西南鎮後，母親帶我們到沙頭坐船去北江南岸。我們坐着烏篷船向對岸的金本鎮緩緩前行，快到岸邊時看見遠處有人向我們揮手，大聲呼喊：「終於來啦！」原來祖母早已在碼頭等着我們。

經過一番顛簸，終於到達我的家鄉 —— 廣東三水。下船後我還未站穩，祖母已一手將我和妹妹擁在懷裏。

這是我第一次與祖母見面。她外貌和藹可親、文雅秀氣，鵝蛋臉、小嘴巴，臉上總是掛着笑容。我第一眼就喜歡上她了。

從碼頭到祖母家必須經過一段田野與山路。我雙手摟着祖母的脖子，出神地朝四周張望。滾滾無盡的紅土地上，帶着一片翠綠。遠處山峰雲霧繚繞，近處綠樹成蔭。在農田中，除了能聽見微風拂過的沙沙聲，還有交織的蟬鳴鳥叫。那一刻，我第一次感受到大自然的氣息。

鄉間約有五六條橫路，但只有一條靠河的主街能通往山上和鄉間。街道以大塊的麻石鋪成，街末有一所小學校，還有一間茶館和釀酒的小作坊。山崗前有一個圓圓的小池塘，旁邊的房屋沿着斜緩的山坡而建，背山臨水。這座中國南方的小鄉村有幾十戶人家，每戶的房子都方方正正的，就像孩子們玩的積木一樣，是中國南方農村的傳統造型。

過了半晌，我們在山崗的斜坡上停下。終於，我們來到祖母家門口。

推開古老的大門，是一個寬敞的院子。門前有許多曬在地上的農作物，還有幾棵小樹伸展着枝葉，像是一把天然的遮陽傘。院子兩旁的花圃盛開着各色繁花，散發着淡淡的花香。

祖母領我走進屋裏，屋裏頗為暗淡，大概因為光線只能從細小的窗戶射入。房子都是泥磚屋，統一的白牆黛瓦。屋內可見簡單的家具和生活用品佈置整齊，牆邊放着幾桶油和鹽。牆身沒有太多裝飾，但有一些手工編織的小掛飾。屋子角落放置着一部外形古樸，呈暗紅色的織布機，旁邊有一個小木櫃，堆滿了針和繡線等手工材料。房子裏還有天井、小閣樓和神樓。神樓下方擺着一張八仙桌，牆上掛着一張中年男子的相片，臉型瘦長，有着一片薄薄的嘴唇。他，是我的祖父。

非凡的祖母

祖母身材矮小，身高只有不到五尺，手腳卻非常靈活，能夠完成許多體力勞動。祖母整天總是忙個不停，似乎永遠不會疲勞。神樓的位置很高，僅用一塊木板橫在天花板上，上面放着神主牌和小油燈。每天早上，祖母都會爬梯子到神樓上去點油燈，把燈芯浸在盛滿油的小碟中。做早飯後，祖母就開始織布。我最愛看祖母坐在織布機前織布，右手擺動着機杼，左手配合着；擺一次，推一下，一段長長的、米白色的棉布便織成了。我特別喜歡她那雙長得特別尖細的手，也許就是這樣的一雙手，才造就了她精巧的性格。

我跟着祖母睡在一張大床上，這張大床像一個長盒子，四面有牆，床頂有蓋，床身還有許多木雕花朵和人物。每天睡前，祖母都會放下帳幔，只留出一個小洞讓我們上下床。

祖母很有生意頭腦，獨立經營一些小買賣。她平日會勤勞地織布，每逢墟日[1]都會親自用擔子將織好的布挑到城裏的墟市售賣。賣完布以後，又會從墟市將醬米油鹽等雜貨擔回村裏。這

1 在客家民間的口語中，一般把鄉鎮稱為「墟」。「墟日」是中國南方鄉村的集市交易日。墟日到了，農戶會把自己生產的糧食和日用品挑到鄉鎮所在地去進行交易。

一來一回起碼需要兩個多小時的路程，對於一個不到五尺的中年女性來說是極大的體能考驗。

祖母擔回來的這些雜貨其實也是買賣的一部分。她會在家門的小角擺攤，把每週擔回來的貨變賣。空餘時間她便繼續織布，到了墟日再去城裏賣布和帶貨。從入貨、運輸、製作、定價、銷售到記帳，祖母全都一手包辦。我閒時愛翻閱祖母的數簿，每字每行都寫得十分清晰，很難相信祖母其實並沒念過書，不懂算數也不會寫字，記帳都是自學的。

村裏的人都稱祖母為「好姨婆」，因為她為人老實，賣貨時從不短斤少兩，只有給多，從不給少。認識祖母的人都認同她是一個熱情、誠懇和溫暖的人。對於目不識丁的祖母，能辦成這樣的買賣，靠的除了是絕頂聰慧，還有無比的勤勞和誠信。

祖母亦是一個具有前瞻性的女性，從小她便告訴我父親「工字不出頭」，父親成年後千方百計將他送到城裏當學徒，並鼓勵他將來自立門戶。祖母雖然沒有接受過教育，卻很有遠見及格局。祖母對父親的教育也潛移默化地影響着我，激勵我從小訂立崇高的目標，要求自己放遠眼光。

祖父很早就不在了。她說祖父年輕時很帥氣，卻偏愛賭錢，家裏只好靠她一人支撐。這位小婦人憑着織布和小買賣撫養兩子兩女，十指尖尖地養活一個家。那份智慧與毅力令我銘記於心。

若果要選一個這輩子對我影響最深的人，那鐵定是祖母。她讓我學懂甚麼是家庭，甚麼是愛，也塑造了我的人生觀，教我學會堅毅和勇敢。我默默告訴自己：「我要與男人同步，一世人要做兩世人的事。」

母親將我和妹妹安置在三水後，才說她和父親要搬去香港，並答應我在香港安頓好以後，會馬上把我接過去。母親帶我回鄉的時候，我倒是想過父親為何沒有同行，這時總算知道因由。原來父親變賣了廣州的生意，換成錢到香港發展，一切似乎又要從頭做起。母親大概是希望待父親工作穩定一些，再接我們去香港。母親叮囑我不要難過，也不要哭，便坐上來時的那艘船匆匆離去。事實上，我一點都沒有難過，反而熱切期待着探索這個新環境。

洲邊小學

不久，祖母把我送進村裏的小學念書。學校建在村頭，四周砌着圍牆，正面留出一扇門。學校有一個空曠的操場、一座禮堂，還有一排教室，裏面的小木桌和小木凳早已磨得黑中帶亮。

記得課室前方的操場有一道高大的木門檻，我經常坐在上面，觀看高年級的同學們在操場上跳高和打球。同學們大概覺得我是一個孤僻的孩子，因為我不太愛講話，總是靜靜待在一旁思考和觀察。

許多小朋友不論看到甚麼都會拿起來聞聞，或許因為對小朋友而言，嗅覺跟視覺同樣重要。上學時我最喜歡的是鉛筆的氣味——每次削完鉛筆，總愛把它拿上手深深地嗅一番。我的口袋裏常裝着一支鉛筆，看到甚麼都隨心揮筆，但那時候我的繪畫世界還只有黑和白。

後來，母親託人送了一盒顏色筆給我，那是我第一次看見顏色筆。我小心翼翼地打開包裝盒，把顏色筆整齊地放在座子上。我先拿起紅色筆在紙上畫一條線，然後再拿起黃色、綠色、紫色，用每支顏色筆在紙上畫個不停。每種顏色都是如此鮮艷明亮。當顏色筆的筆尖觸到紙面時，它就像一瓶魔法藥水，能夠將黑白的世界變得五彩繽紛，那一刻的我覺得這是多麼神奇的一件事。

校門右側有一棵高大的火鳳凰，長年展開一片濃密的枝葉，樹幹像一把枝椏繁茂的綠傘。鳳凰樹的綠葉呈橢圓形，曬乾後更顯得精緻美麗。春天時，樹上冒出翠綠的新芽，幾乎將整片天空都染成了綠色。到了夏天，鳳凰木的花冠變成鮮紅，帶有淡淡的黃色暈影，盛開時，整個樹冠恍如燃燒着的火焰。假如你仔細欣賞掉落的花朵，自會在花瓣近花托處看見細細的黃線，這種規律的圖案透着一種自然的美感。秋天來臨，翠綠的樹葉轉為黃色，地面彷彿鋪上了一層金箔。我最喜歡撿起那一片片金黃的小葉子，放在手心輕輕一吹，看着它們在空中翻飛。

下課後，我總愛躺在鳳凰樹的樹蔭下休憩，靜靜地凝望着這棵樹，自由地放飛想像。有一天，我坐在樹旁，試着用顏色筆將它畫下來。畫完後，我把畫高舉起來，與眼前的鳳凰樹對比，驚訝地發現，畫中紅花與綠葉的色彩竟與實物如此相似。我心中暗想，原來這盒顏色筆描繪出的，是大自然的顏色。

從此，我愛上了繪畫。還記得老師在課上教我們畫國旗的時候，我認真地將五星紅旗的每顆星仔細描繪出來，還拿着自己畫的國旗在學校表演。啊，之後再度舉起國旗，已是多年後成功到達北極點之時。

就這樣，這盒顏色筆和這棵鳳凰樹，成為我對色彩的熱愛與敏銳感知的起點。我也從此與藝術及繪畫結下了畢生之緣。

野外教室

在廣東的農村，每天的生活都充滿詩意。鄉野間有一種自然的香味——草的味、花的味，還有炊煙中的禾草味和煙味。

從祖母家的窗戶看出去，是一望無際的田疇、樹木、綠野、紅壤、藍天和白雲，曠遠而遼闊。從祖母家往斜坡上走是一座小山丘，人們都叫這座小山丘做後崗。後崗上有許多松樹，散發着新鮮的松香味；還有楊桃、相思、苦楝、青竹、桉樹和芭蕉。我經常在後崗一片沒遭人踐踏的草地裏遊走，這片豐美的草地成為了我的小天地，有時一待就是一兩個小時，在這裏看了不知多少個日出日落。後崗上的景物也天天在變，花草今天開，明天謝，循着大自然的軌跡生生不息。

在三水的一年，從春耕、夏耘、秋收到冬藏，我經歷了四季的變幻。我很喜歡跟農村的孩子一起勞動，跟着老人下地、斬柴、割禾、插秧。我們找尋跳躍的田雞，觀賞結果的荷花，追着飛舞的蝴蝶。我們也會踩着清澈的小溪，等待捕捉蜻蜓點水的瞬間。大人們在夏天的烈日下耕作時，我和其他小孩子會提着竹簍在田野穿梭，簍裏放着一個瓦水煲，還有幾隻厚厚的大粗瓷碗。看見有孩子送茶來，大家都會放下工作，坐在田埂中用大碗盛茶。茶水倒在淡青色的厚碗裏，水中飄着幾片茶葉。他們一口接一口地喝着，那香味有點像荔枝，還帶有葉子的味道，原始而清新。大人們歇息時，我們幾個孩子更會用一把大芭蕉扇給大家扇着風。

這些日子裏，我每天奔跑在田野間，嘴裏吟唱着樂曲，耳邊是風的吹拂，臉上是陽光的溫暖，讓我切切實實感受到土地的溫度和呼吸。這些場景就像一幅幅美麗的插圖，在我的童年回憶中留下了最淳樸的印記。

夜晚的三水同樣迷人。入夜後，屋裏沒有電燈，只有泛着微光的火水燈。整個村莊顯得安靜而祥和，偶爾還能聽到狗吠聲、鳥鳴聲以及遠處傳來的蟲鳴聲。這，就是濃郁的農村氣息。在晴朗的夜晚，仰望天空，你會看到無數顆亮晶晶的星星點綴在深藍色的天幕上。祖母說，一顆星就代表地上一個人，我們都是星星下凡的。我仔細地想，那一層厚厚的雲彩後面到底有甚麼呢？

我真喜歡這樣無拘無束，自由而奔放的日子。在這段快樂的時光，我離天地是如此接近。小孩的心，本該是大自然的心。

農村生活極其簡樸，但對一個小孩子來說卻是豐富多彩。這年我只有五歲，可是我從未忘記家鄉的一草一木。別以為幾歲的小孩甚麼都不懂，早期教育是一個人的啟蒙，奠定一生的基礎，甚至決定命運。

生活在三水的這一年，我用着自己的方式去尋找和感受，學會對生命與自然存敬畏之心。我體會到，生命需要靠着自然的恩賜才能生存，因此人類必須尊重並感激大自然。我一生嚮往大自然，親近大自然，這顆熱愛大自然的種子就是在那個時候深深播下的。

第 2 章 (CHAPTER TWO)

東方之珠

初來甫到

五十年代，香港漸露光芒。

1950 年初，母親將我接到香港去。

我乘坐九廣鐵路從廣州抵達尖沙咀，再坐天星小輪經尖東到中環，那是我第一次見到大海。下船後，母親領着我從碼頭步行至位於士他花利街的住所。士他花利街是一條平靜的小街，向下走便是繁華的威靈頓街。樓下有許多雜貨店，最引人注目的是一家鐵器店，店裏有一個熔鐵爐，大火經常熊熊燃燒，我每次路過都能感受到一股熱力散射出來。赤膊的工人總是用力揮舞着鐵鎚打鐵，弄得火星四濺。

我們住的是戰前樓房，一層有幾戶人家，有四家的，最多還有八家的，幾家人共用一個公共廚房。父母租了一間房，房裏只有兩張床，父母睡在前面，哥哥睡在後面。把我和妹妹接來後，父親在房間外的走廊又租了一個床位，買了一張上下鋪的「碌架床」，哥哥睡在下鋪，我睡在上鋪。由於床在走廊中間，父親便用一張布簾遮住床的側面，隔開走廊來往的人。妹妹就和父母住在房間裏，有時候我也會跑到那裏，跟妹妹打對腳，大被同眠。

五十年代的香港還沒有現代高樓大廈，大都是戰前樓房，設施和居住環境相對簡陋。每天用水十分緊張，一個水喉，大家要輪流使用。人們的物質生活還不豐富，加上傳統中國舊思想，廢舊物品捨不得丟棄。空餅盒、空瓶子、破舊衣服……往往會留下來，將來帶回鄉下去。房子裏人又多，還擠滿雜物，自然會帶來家居安全和衞生問題。而且居住的樓房有許多木結構，潮濕天氣容易滋生白蟻。由於白蟻蛀通了木頭可以令房子傾倒，所以人們一旦發現就要立刻滅蟲。床也是木板的，每當有木蝨出現在木板的洞中，手腳都會被洞裏鑽出來的木蝨咬得發紫。

儘管如此，房子建在一段寬闊的路上，房頂高，窗戶大。雖說那時仍沒有空調設備，但到了夏天，打開大窗，感覺相當涼爽，並不覺夏天的酷熱。母親告訴我，士他花利街的房子比起父親剛到香港的居住環境，已經有着天淵之別。

父親身為長子，在很小的時候就被祖母送去省城工作。從鄉下走到城市，他跟大多數人一樣，沒怎麼念過書，只好選一門手藝。在祖母朋友的推薦下，他開始在象牙店當學徒。父親是一個具有冒險和創業精神的人，很早便立志創業。他意識到文盲是一大障礙，於是他白天當學徒，晚上通過自學，刻苦地學會了讀寫。在四十年代，父親在廣州開設了屬於自己的象牙店，成為一個白手興家的商人。

1949 年中國大陸解放後，面對動蕩的時局，他聽從上海生意夥伴的建議，來到香港發展，一切又從頭開始。剛來香港時，父親把弟弟安排暫住在親戚家中，自己則住在石板街一座唐樓的樓梯間。過去，父親在廣州可是住着一棟三層樓房，此刻卻連一個床位也沒有。原來當我在三水過着無憂無慮的生活之際，全家正在香港熬着苦日子。在時代的轉變中，養家糊口已經不易，創業更是艱難。父親咬着牙關尋覓出路，總算安頓下來，擁有了在士他花利街的這個小窩。全靠父親的努力，我們的生活才得以改善。後來當我來到香港的時候，生活雖說不上舒適無憂，但總算安穩自在。

我的父母

把我接來香港以後，父親雄心勃勃地擴展業務，大手購入一批象牙和貨物。然而，還不到一個月，朝鮮戰爭便爆發了。1950 年 10 月，中國人民志願軍入朝參戰，美國政府隨即宣佈對中國大陸及港澳地區的出口實行全面的許可證制度。由於香港歷來是東亞的轉口貿易中心，更是內地進出口的主要管道，因此美國決定將香港作為對中國內地實行封鎖禁運的前哨陣地。禁運使香港經濟受到沉重打擊，轉口貿易衰退，企業大量倒閉。1952 年香港一般進出口貨物批發價普遍下跌，市場出現從未有過的「跳樓價」。原本一個可轉動的象牙球能夠賣上六十元，現在只值三十元。在這段時間裏，父親一直處於繃緊的狀態。為了將存貨銷售出去，他四處奔波洽談生意。由於威靈頓街有許多競爭對手，他隨時要關注價格的波動和對方的行情，還必須親自管理產品的工藝，因為來買象牙品的人士一般都是藝術愛好者，在工藝上很在行，對品質的要求也相當嚴格。

這些日子，父親廢寢忘食，精神萎靡，逐漸變得消瘦憔悴。每天飯後，他都會坐在木椅上，神思恍惚地盯着地板發呆。儘管我年紀尚小，仍能感受到父親心中的苦衷與沉重。畢竟父親是我們一家的生活所依，他的喜怒哀樂都與全家息息相關，這對我們的家庭而言無疑是一段艱苦的時刻。

父親長得也算俊朗，性格內斂。在一年之中，我與他交談的次數屈指可數。雖說我是個女孩子，但我的個性最像父親。我個性內向，也不大愛講話。每逢新年拜年時，我寧願待在家裏看書、畫畫。或許因為同性相斥，兩個相似的人總是保持一定的距離。

父親跟哥哥和妹妹比較親近。哥哥性情平和，十分聽話。大妹小時候剪着一個可愛的「男仔頭」，很招人喜歡。爸爸疼愛大哥，更喜歡大妹。每天下班回家，父親都會抱抱妹妹。他從不抱我，我卻不嫉妒。難得父親開心，我願意把他的愛讓給妹妹。我習慣亦享受獨立，不喜歡楚楚可憐的模樣。媽媽常說，我十足遺傳了爸爸的倔強。

我知道父母的生活拮据，也害怕給他們添麻煩，所以我從不向他們要錢，也不買玩具。我倒一點不覺得委屈，因為我本來就不喜歡洋娃娃，更喜歡男生的玩意。拍公仔紙、彈波子、溜滑梯、盪韆鞦和跳橡筋繩這些簡單的遊戲已經能讓我滿足。我不需要父親給我買甚麼，每年有新衣服就足夠了。

家中有八個兄弟姊妹，除了大哥和大妹，還有一個小妹和四個弟弟。我跟小妹差十歲，跟最小的弟弟更是相差十六歲。家中兄弟姊妹眾多，母親實在無法一一照顧。除了學會自立，我還要照顧弟妹。作為長女，我必須以身作則，不僅要成績優異，還要看顧弟妹的學習。弟妹們的功課、手冊和成績表，基本上由我負責檢查和簽名。照顧好弟妹後，晚上睡前我總會悄悄地走到父母床前，看看他們是否還需要我做些甚麼。有時候，母親會從口袋拿出幾塊錢，讓我到樓下買碗雲吞麵給父親吃。回來後，我會靜靜地看着父親滿足地把麵和湯都吃個乾淨。

父親在家裏很有威嚴。每天父親一回來，孩子們總會躲起來，各自幹各自的。母親告訴我們，父親工作很辛苦，天天都要親自開料分鋸象牙，所以盡量別煩擾他。因此，我們與父親的所有溝通都是通過母親這道橋樑。無論是學費還是零花錢，全是由母親向父親拿，然後交給我們。遇到升學或轉學問題時，我們也會告訴母親，再由母親轉告父親。

有人說，在危難中最能看出一個妻子的能耐。當一個男人遇上挫折，考驗的除了是男人的堅定和剛毅，更是妻子的包容和忠誠。

母親在這方面絕對是典範。她在家務、煮飯和照顧孩子方面從沒半句怨言，獨自承擔起家中一切事務，讓父親可以專心在外面打拼。這或許與當時「男主外，女主內」的社會觀念有關，但母親的賢能確實是非一般女性所能比擬。

每天當父親從辛勤工作回來，母親總會為他端上他喜愛的飯菜，坐在一旁細心傾聽他談論生意上的事情。雖然她不擅經商，但仍會從主婦的角度提出一些建議。在父親店裏生意不好的月份，母親不會向父親要錢，只用自己辛苦存下的錢來生活。母親性格溫和，從不大聲說話，我幾乎沒有看過父母吵架，家裏總是很平靜。有時候，父親在外面工作壓力大，回家發個小脾氣，母親也忍着不作聲。到了晚上，她還能心平氣和地陪父親吃宵夜。

或許剛烈的男人就喜歡這樣的女人。

父母是那個年代罕見地能夠自由戀愛的情侶。當時父親還在廣州當學徒，經朋友的介紹與母親相識。母親是順德人，當時還在順德的絲廠和其他婦女織絲。追求母親的時候，父親經常騎幾個小時自行車，從廣州到順德去找她。

自由戀愛的難處在於家人反對。舊社會的婚禮大都遵循着「父母之命，媒妁之言」的傳統。當父母結婚時，祖母自然不高興，大兒子的婚姻竟然沒有經過她的同意。「你們兩個是沒有媒人祝福的夫妻。」祖母激動地說道。由於父親已經下定決心，祖母也無法阻撓。祖母認定第二個兒子的婚事必須由她來安排，結果二叔和大姑都是盲婚啞嫁。

婚後，母親留在三水的農村，父親繼續在廣州工作。在父親不在家的那段時間，祖母將內心的不滿都發洩在新媳婦身上，每天讓母親做體力勞動，挑水、洗衣少不了。這段時間裏，她大概受了不少委屈。後來父親自己開店，需要妻子的幫忙，才把母親接去廣州。就這樣，在鄉下熬了一段日子後，母親終於能夠與父親團聚。祖母也是親眼見證了母親在父親失意時的無私付出和支持，才跟我說：「你爸沒選錯媳婦。」

母親雖然傳統，但並不固執，是一個願意接受新思想的女性，從不強迫我們做不喜歡的事。母親對我們有極大的容忍和耐心，不曾對我們大聲呼喝。她讓我了解到身教勝於言教，只要父母以身作則，孩子必定會潛移默化地受到薰陶。媽媽非常疼愛我，有時候陪媽媽去買菜，她即使經濟拮据也會偷偷帶我去吃碗雲吞麵，並叮囑我別告訴弟妹。

母親手藝一流，懂得繡花、裁縫、編織。她不用花錢買衣物，反而親手做旗袍和棉衣。我們一家的衣服，包括父親的襯衣和我們的校服，都是由她一手包辦。她雖然沒有學過裁縫，卻具有天生的聰穎，加上她勤奮好學，學一樣精一樣。在她身上，我學會了勤勞與慈祥。

自梳妹

母親是廣東順德人。民國初期，順德農村和其他鄉村有所不同。順德堪稱中國第一個婦女獨立的鄉鎮。當時順德地區的繅絲業發達，許多農村女子不到農田去幹活，而是到絲廠打工，薪酬遠高於其他務農的男性。在經濟獨立的條件下，一些女性萌生出不願婚嫁的念頭。這些自食其力的女性，將長髮挽成髮髻，梳起後成為「自梳妹」，即「梳起不嫁的女人」，以示終身不嫁，過着終生獨身的生活。

有一些女人擔心死後沒有人供奉她的神位，便採取了名存實亡式的婚姻。結婚後由丈夫下田種菜、做家務，她們仍回到工廠打工，每年的初一和十五才回去見一見婆婆。爭取自由付出的代價是辛苦賺回來的錢仍會分給夫家，所以說順德的男人很有福氣。另有一些不結婚的女人，採用另外一種方法：有時候同村某個年輕男子去世，男家會在村裏敲鑼為去世的男子找一位新娘，邊走邊在村裏喊：「誰要嫁？誰要嫁？」這時就會有一個自梳妹走出來，答應與已故男子拜堂，拜堂時會以生雄雞代替新郎。這樣就證明她已經結婚，日後便有人供奉她的神位了。後來，這些獨立的女人有了姑婆屋，與其他年老的自梳妹一起相依為命，居住到老，也不用害怕死後沒人供奉。

我的父母都是重情重義的人。母親照應過不少從順德來港的自梳姊妹，讓她們暫住在我家等待就業。父親也接濟了許多從三水到香港的同鄉，為他們提供住宿並幫助他們找工作。這些同鄉非常努力，每天幹活十多個小時。有一個順德來的大姨媽，也就是母親在絲廠上班時的大姐，一生未婚留在我家幫助母親料理家務。當時父母忙於工作，家裏有許多兄弟姊妹，她分擔了很多家庭事務，我的大弟弟也是她帶大的。因為有大姨媽的幫忙，我在家中從來不用做飯、做家務。母親將大哥過契給了大姨媽，在大姨媽百年歸老後，由我哥哥作為兒子供奉她。

順德自梳妹在經濟和思想上所展現的獨立，引發了我深刻的思索。原來女性並不需要依賴男性。獨立的女性，同樣能夠開創屬於自己的一番事業。

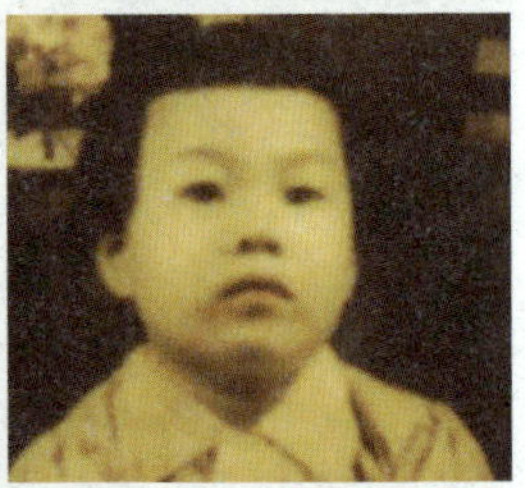

1	2
	3
4	5

1 樂詩（左一）、二妹（左二）、大哥（右一）及母親（右二）

2 祖母名叫陸好，人稱好姨婆

3 小時候的樂詩

4 家鄉三水的風光

5 那棵象徵大自然色彩的火鳳凰

第 3 章 (CHAPTER THREE)

香港印象

威靈頓街 82 號

1953 年，父親的事業終於迎來了轉機。

他以不畏艱難、自強不息的精神，在困境中仍保持百折不撓的幹勁，成功挽回危機。

到了 1957 年，以我父親命名的「香港李柱記象牙店」正式開業，全體員工有十多人。1958 年，父親租下了威靈頓街 82 號，大展鴻圖。

開店的第一天，父親一大早便到店裏忙碌着。店裏有許多經驗豐富的雕刻師傅，他們的雕刻桌上擺放着各種大小形狀不一的雕刻刀。在師傅們手中，雕刻刀恍如變成了魔刀，即使象牙很堅硬，只要經過師傅們細心雕琢，各種人物、動物和花卉的形象便立刻呈現在象牙之上。這天，師傅們先在一整根象牙上刻出一艘船，然後再雕琢船上的人物、兵器、帆桅等細節，使其栩栩如生。

觀看師父們雕刻象牙，可說是一大樂事。

當然，在店裏我不只是閒着到處看，還要擔當象牙筷子和象牙球的任務。我需要站在店門前的空地上，隨着太陽光的移動，適時移動裝有象牙的筐匾。幾個小時過去，直到傍晚光線逐漸消失，筐匾一般已經移到了威靈頓街對面的店鋪門口了。

威靈頓街頭有我童年生活記憶中抹不去的影子。在當年，威靈頓街已經屬於中環最繁華的街道。街道兩旁店鋪林立，掛着傳統的招牌板。這裏有酒樓、醫館、洋行[2]，還有賣日用品和油鹽米的商店。這些橫街小巷不太長，形成一個獨立的生活圈，一切都很完備。小菜場、士多店、雜貨鋪、涼茶檔、生果欄，應有盡有。這一帶保留了許多中國傳統的古老習俗，生活氣息濃郁。平時我最愛走進戲服店，欣賞着擺掛在店裏那些五彩繽紛的粵劇戲服。

踏上威靈頓街，就像踏在我童年和少年的路上。許多戰前的房屋仍然屹立，只是房屋已易主。歷史就是這樣一代又一代地傳

2 香港的「洋行」泛指在殖民時期由外國人經營的貿易公司。

承下來。

到了五十年代後期，我們一家又從士他花利街搬到了閣麟街，租住在閣麟街 12 號。閣麟街下段是一條帶斜坡的街道，當年還有許多轎夫在此以抬轎為生。這條街和主要大道皇后大道中氣氛迥異。主要大道上車水馬龍，時而有盛大慶典，時而有熱鬧巡行。閣麟街則是平民買賣和生活的地區，商店琳瑯滿目，還有至今依然存在大牌檔。

這裏的生活充滿濃厚的人情味，瀰漫着中國的風俗民情。鄰居們基本上都相互認識，相遇時總會彼此問候，不像現代都市人不相往來。

新家走廊靠露台處，貼牆放着沙發和書桌，是我平時讀書的地方。有些悶熱的下午，我獨自在家做功課時，總能聽到街頭巷尾各具特色的叫賣聲：

> 「飛機欖、飛機欖，一飛飛入你天棚……」[3]
> 「磨鉸剪鏟刀、鏟刀磨鉸剪……」[4]

3　在舊香港，賣欖相當流行。賣欖的人會在街上唱這個曲，樓上的顧客若想購買，他便會將欖扔上樓；顧客將錢扔下來的時候，他又會用帽接住。人們覺得好看又新奇，就稱此為「飛機欖」。

4　每當聽到「磨鉸剪鏟刀」的叫喊，街坊便會把家中的菜刀、剪刀等交給「磨刀佬」修整。師傅們坐在矮長凳上，將刀剪穩固固定，僅需十幾分鐘便能讓刀剪重現鋒芒。

「衣裳竹、衣裳竹……」[5]

「收買爛銅爛鐵、玻璃樽……」[6]

我平日常常走過橫街，穿過窄巷，在這些地方遊走。沿街肩挑叫賣的小販，為短小的橫街窄巷帶來無限生氣。後街一帶養活了不少人，除了收買佬和夜香婆，還有媒人婆、補鞋匠、剃頭匠等。形形色色的小販和基層人物各據一隅討生活，令平庸的後街變得多姿多彩。

在閣麟街附近，令我印象最深刻的是一個三十多歲的梳頭婆。她長相清秀，自己梳上一頭先紮辮再盤成鵝蛋髻的造型，又用刨柴浸水且帶膠質的「刨花膠」[7]塗在髻上，使髮髻光亮烏黑。我常常偷偷跑去看她梳辮子，她會先把頭髮梳理整齊，一絲不苟地打成辮子，然後將辮子緊緊地盤成髮髻。除了梳頭，她還會拉面去毛。拉之前先塗上「三鳳海棠粉」[8]，再用兩根線，一根咬在口中，另一根拉着臉上的毛，像剃刀一樣把臉毛拉走。

後來我才得知這位梳頭婆的手藝聞名於媽媽界。她是一個啞吧，每次梳好後，她都手舞足蹈，一副滿足的模樣。這位梳頭

---

5 許多小販在肩膀上扛着長長的衣裳竹叫賣。衣裳竹即用來晾曬衣物的晾衫竹。過去居住環境狹窄，十多人同居一屋很常見，騎樓和天棚成了晾曬衣物的地方。晾衫竹上掛滿衣服，交錯縱橫，是昔日常見的景象。

6 昔日的收買小販沿街叫喊，肩挑一對竹籮，手持用繩子吊着的鐵板，用另一隻手的中指和無名指夾着船釘般粗的鐵針，邊走邊有節奏地敲響鐵板，「叮噹，叮噹，叮叮叮，叮噹叮……」。

7 刨柴是一種木材，置於水中後會滲出透明黏液，變成像膠水似的刨花膠。昔日有不少女子，特別是粵劇中的花旦，常會用來塗於髮上，以便把髮髻梳得貼貼服服。

8 在二十年代至七十年代，三鳳海棠粉是女士必備的粉底。除了可以當粉底，更多人會用海棠粉來拉面去毛。

婆就是這樣，每天在街頭小角默默耕耘，憑着自己的手藝維持生活。

後來，這個梳頭婆的故事在我的電影中得以再次呈現。

舊香港、老中環的生活簡樸卻充滿人情味。那些小巷春秋不僅哺育了幾代人，也成為了香港歷史的永恆見證。

天倫之樂

搬到閣麟街以後，父親的事業漸入佳境。雖然他忙於經營生意，但每個大節日都會安排一個家庭日，帶我們去郊外遊玩。

那時的香港尚未發達，相對落後，許多人生活貧困，能有這樣的家庭日，在當時的社會實屬難得，我們算是很幸運了。孩子們都期盼着每個月的家庭日快點到來，出發前一晚總是興奮得無法入睡，天還未亮已經爬起來準備出發。

父親喜歡帶我們到新界，如元朗青山、沙田、馬鞍山或大埔的郊區遊覽。夏天的時候，他也會帶我們去淺水灣，在海邊租一個帳篷，一家人在海裏暢泳。

父親也熱衷於帶我們參觀具有藝術或歷史價值的建築物。記得父親第一次帶我去虎豹別墅時，我看到地獄圖壁畫後，回家整整驚嚇了一個星期，不敢說謊，生怕做壞人死後會墮入地獄受割舌、落油鑊之刑。

父親非常喜歡拍照。記得有一天，他帶我們去兵頭花園[9]遊玩。我們穿上媽媽親手製作的新衣服，在公園裏排隊等着父親用他的 120 雙鏡反光相機為我們拍照。那是我第一次拍照，回家後，我天天盼着照片能快點沖洗出來。終於，照片拿到了，我看着照片，覺得甚是神奇。心裏想，這台小小的機器怎麼就能把我們一家永遠留在紙上呢？這實在是個了不起的發明。就這樣，我對攝影產生了濃厚的興趣。

粵曲世界

除了攝影，父親對我另一個重要的影響是粵曲。1950 年代，香港的家庭尚無電視，只有收音機。當年最大的娛樂便是收聽有線廣播電台「麗的呼聲」的節目，每家每戶還需預先安裝一個木箱子並繳交月費，方能定時收聽廣播節目。那時的娛樂節目以粵曲為主，也有來自上海派的歌手如周旋等的時代曲。父親鍾愛新馬師曾，在家聽粵曲的時候，我總會靜靜地坐在他附近一起聽。

當年籌款義演是最受歡迎的節目。東華三院每年都會邀請知名的紅伶明星義唱，吸引大批聽眾的關注。父親知道我一直渴望親身感受大戲，這年終於帶我去戲院看大戲。

9 此園址在 1841 至 1842 年間曾是督憲府所在地。由於港督兼任駐港三軍總司令，俗稱「兵頭」，故公園也被稱為「兵頭花園」。公園初期以蒐集和研究本地植物為主，因此得名「植物公園」。後來，園內逐步飼養雀鳥及哺乳動物，並於 1975 年正式更名為「香港動植物公園」。

當晚我們抵達中央戲院[10]會場，戲台佈置精緻，柔和的燈光像是星星點點散落在場地。我坐在觀眾席上四處張望，看到周圍滿是充滿期待的面孔，內心不禁湧現一股莫名的激動。

當那悅耳的配樂奏響，花旦們穿着閃閃發亮的戲服登場那一刻，我的目光不由自主地停留在戲服上精緻的珠片裝飾。那些珠片被精心鑲嵌在服裝上，宛如無數小寶石，為戲服增添了華麗感和細緻度。

當那充滿力量和情感的歌聲從花旦口中唱出時，我瞪大雙眼，完全被伶人的風采所震撼。我從未想過粵曲竟如此之美。它不僅是一種娛樂，更是一種藝術，一種能夠觸動靈魂的藝術。每一個音節都在傳達情感和故事，滲透着中國歷史文化的底蘊。這一夜，我沉浸在繽紛奇幻的藝術體驗中，深深愛上了粵劇。

10 昔日位於香港皇后大道中的戲院，已於七十年代結業。

1 昔日的中環皇后大道中，圖中可見樂詩父親經營的李柱記象牙廠分店

2 父親（前排右三）、母親（前排右四）與其他員工

3 一家人的合照，攝於新界沙田

第 4 章

(CHAPTER FOUR)

少女時代

夢想的種子

從 1954 年開始，我正式入讀香港南華中學[11]。這所中文中學由香港堅道天主教總堂所建，坐落於太平山的半山腰上，背靠着香港動植物公園。這座香港歷史最悠久的動植物公園經過了百年時光，古拙而清純，種植了各種奇花異樹，高低錯落。林間的綠樹濃蔭蔽日，使公園格外清幽。

學校正對着動植物公園的入口一側，矗立着一棵高大的白玉蘭樹。每到春夏之季，白玉蘭綻放出潔白的花朵，散發出濃郁的香氣，彷彿一群潔白的鴿子在樹枝間飛翔。我常在上學路上撿起飄落在地上的花瓣，看着露珠從花瓣上滾落。我將芬芳撲鼻的花瓣放在手絹兒裏，小心翼翼地放進衣服的口袋，不時取出聞一聞。

11　現已搬校，校名亦已改為「天主教南華中學」。

南華中學的後牆外，有一條山澗從山上傾流而下，水聲喧嘩。學校的院牆上開了一個洞，洞裏的流水會從這裏與山澗的水流匯合，繼續向山下流去。我不時會與同學一起從這個洞鑽出去探險。

南華中學就位於這樣的海山深處。它背山面海，綠樹環列，是香港的一塊風水寶地。校旁的小山丘建了一個小花園，曲徑紅欄，疏林蒼石。在白色高大的天主大教堂襯映下，更能突顯中國傳統園林的秀麗景致。課餘時，同學們都愛來這兒休憩，這裏真是孩子們最好的藏修之所。

「漪歟南華，海外蜚聲，爐峰高處蔥蘢。氣象清新，黌宮矗立，育群英弦歌講誦業精行成。韶光應共惜，親愛復精誠，立己立人成聖哲，榮光燦爛耀前程。」時隔近五十年，我仍記得這首莊嚴、活潑、氣象高遠的校歌怎麼唱。它正是當年學生們學習和生活的寫照。

在學校的旁邊，聳立着香港最大的天主教堂。許多同學都是天主教徒。這座教堂內所有牆壁的下半部都被嵌上了雕花柚木板和雲石地腳，地面鋪設着綠白相間的碯磚。最讓我着迷的是教堂內那些彩繪玻璃圖案和日光透過玻璃映照而來的多彩光華。在教堂的靜謐中，我的心總會慢慢平靜下來。

上課時，我最喜歡的是地理課。還記得首次看見世界地圖時，我是多麼雀躍和興奮。地球儀彷彿在我腦海中迅速轉動，各國奇妙的形狀很快便烙印在我心中。只需片刻，我便能將整個世界地圖重新描繪出來。

我亦喜愛詩詞歌賦，尤其是唐詩宋詞。當我吟誦那些因山水景物而生的古詩詞時，總不禁思索：這首詩描繪的是當今哪個地方？詩人又是如何因緣際會地在此留下這樣的佳作？唐詩與六朝遺風、人文景觀、山水勝境、社會民俗、園林建築、琴棋書畫有着深厚的聯繫，讓年少的我真切體會到何謂「詩意的行走」。

除了詩詞，我對科幻和探險故事也情有獨鍾。我最喜愛的作品包括《魯賓遜漂流記》、《太空歷險記》、《海底兩萬里》等，還有探險家和旅行家的遊記。每每讀完這些奇妙的故事，我都會幻想自己像故事中的主人公一樣，踏上未知的旅程。中西武俠英雄的故事也深深吸引着我，尤其是那些在冒險中展現出的剛毅和智慧。

有一天，我坐在操場上，沉浸在法國作家儒勒 · 凡爾納（Jules Verne）的經典冒險小說《八十日環遊世界》中。當主角菲利斯 · 福格與僕人萬事通穿越印度密林，緊張地從婆羅門手中救出危在旦夕的艾娥達夫人時，我的手心幾乎被汗水浸濕。突然，有人拍了拍我的肩膀，我被嚇得尖叫了一聲，原來是幾個同學來邀我一起到太平山頂玩耍。

學校位於山腰，走了不久我們便登上山頂。在石椅上坐下後，我手握剛採摘的野花，聆聽着小鳥嘰嘰喳喳的鳴叫，遙望着大海與天空相接的廣闊世界。那一刻，我感到世界是如此美妙。我心想，在這個廣大而美麗的世界裏，該有多少美好的事物等待着我去探索呢？能夠像菲利斯 · 福格那樣浪跡天涯，該是多麼令人興奮的事啊。於是，在我十二歲這年，環遊世界的夢想在我心中萌芽。

我帶着滿腔的興奮，迫不及待地跑回家，對父親說：「爸爸，我想要環遊世界，你可以帶我去嗎？」父親笑了笑，說：「你這麼瘦弱，就算風吹也能把你吹跑，怎麼走遍這個世界呢？」確實，當時我在班上是最瘦小的學生。但我告訴自己，為了實現環遊世界的夢想，我一定要努力鍛煉，把自己變得強壯。

勤學苦練

從那一天開始，我為自己制定了嚴格的時間表，爭分奪秒地進行喜愛的運動，鍛煉體魄。還記得有一年冬天，天氣特別冷。在一個北風呼嘯的雨天，天還未亮我就起了床，準備像往常一樣晨跑。「天這麼冷還下雨，就休息一天吧。」媽媽關切地說道。「你不是經常告訴我做事情不能『三天打魚，兩天曬網』嗎？」我調皮地回話。媽媽初期很心疼，但後來看見我堅持鍛煉後體質變好，也不再阻止了。

在閱讀《魯賓遜漂流記》時，我總會思考如果有一天我也像魯賓遜那樣被困在荒島上，該如何是好。因此，游泳是我最先學的運動。

大哥和他的同學經常到西環堅尼地城的鐘聲泳棚去游泳。雖然泳棚離我家並不遠，但我還是不太敢獨自前去。有一天，我走到哥哥房間：「哥哥，你帶我去游泳吧，你不用管我，只要帶着我就行。」起初他不太情願，幸而最終也答應了。從我家走到電車站不遠，只需花一毛錢買車票，便能由中環坐到西環堅尼地城，下車後再走一小段路即可抵達鐘聲泳棚。哥哥帶我進了泳棚，就不管我忙着自己游泳去了。換好衣服後，由於沒有教練，我只好站在一旁觀察別人如何划手和踢腳。我靜靜地觀察了很久，才戰戰兢兢地潛入水中，然後模仿着別人提臂、入水、抓水、抱水。一開始時，我不懂水性，連最容易學的「狗仔式」也讓我不停嗆水。哥哥走過來，看到我臉色發白，關切地說：「到淺水區玩玩水算了吧。」我從小確定了追求的目標，就會義無反顧地勇往直前，不懼任何艱難阻險。「我一定要學會游泳！」我默默告訴自己。哥哥看見我一副倔強的樣子，無奈地搖搖頭，又回去跟朋友繼續玩耍。

哥哥不能經常帶我去泳棚，因為他有月票，而我沒有，每次去都要付錢。所以每一次有機會去游泳時，我都會盡量爭取時間，拼盡全力地游。經過整個夏天的訓練，我終於學會了游泳。

那個年代，可以游泳的地方還有淺水灣，但路途比較遙遠，只能由爸爸帶着去。在市區裏游泳除了去鐘聲泳棚，還有金銀泳棚。

二十世紀初，由於交通不便且沒有泳池，市民大眾想暢泳的話，一般會於海邊直接「下海」。不少泳會於海邊以竹搭成棚屋，供市民更衣沖身，甚至提供租借泳衣泳褲。一條長木橋、一些竹棚、一個簡陋的更衣室，那就是當年的公眾泳池了。其中最早的泳棚，是 1911 年香港中華遊樂會於北角海邊設置的七姊妹泳棚。直到六十年代初，正值香港經濟起飛，大量工業發展使香港水質污染日趨嚴重，加上填海工程，政府回收不少地區的泳棚土地用於發展，令泳棚逐漸式微。如今，西環泳棚可說是歷史的遺蹟，沒有來游泳的人，平日多是來釣魚的伯伯或是攝影愛好者。西環泳棚的大海、長橋配日落，確是攝影的絕佳題材。

許多年後，我勇敢地報名參加渡海泳，橫渡波浪翻湧的維多利亞海港。游泳除了能讓人鍛煉身體，也有做人處事的哲學。大海裏，你看見目標就在前面，向着它游去，但海浪可能令你偏離目標。一旦不小心，它還可能會捲走你。人生不亦是如此嗎？人在逆水行舟，隨時會迷失方向，甚至被現實社會的洶湧吞噬。

除了游泳，我也熱愛球類運動。初中時，為了讓自己長高，不再屬於班上最矮小的學生，我開始打籃球。體育老師一般只會教一些最基本的動作，像投籃、運球。籃球要打得好，只能靠觀察和訓練。當時女同學們都不打籃球，所以我總是站在籃球場邊的石階，趴在欄杆上，專注地看着男生們打球。只要男生們舉辦籃球比賽，我一定不會錯過。大家都以為我是為了看帥氣的籃球隊長而呆在那裏，但其實我是在觀察他們上籃、投籃，以及運球的姿勢。不久，我運球動作大抵跟男同學們差不多，投籃也非常有把握，後來還在女子組校際投籃比賽中拿到第一名。

所以說，即使是講求「躍動」的運動，也有着靜觀的妙處。

後來，班上來了一個插班女學生，名叫歐陽玉。她個子高大，人也漂亮，性格豪氣，有點男孩子氣，一來就成了班上十幾個女同學的領頭人。當時香港剛掀起打籃球的熱潮，歐陽玉教班上的女同學打球，目標是在女子籃球聯賽中勝出。平時每週只有一個小時的體育課，所以在這段時間裏，我會爭取時間，早晨七點半就趕到學校打球。下午放學和課間休息的時候，我們都會衝到籃球場投籃。有時上課鈴聲已響了，還捨不得離開，一直到鈴聲拉着尾巴再響一會兒，才氣喘吁吁地衝進教室。這時老師會站在教室門口，看着我和一群滿頭大汗的女學生跑進來，哭笑不得。

美術課

在學校裏，我遇到了一位對我影響甚大的國文教師李靜如。他的文筆非常出色，擅寫詩詞。他是一個溫和卻嚴格的老師，同學們都挺怕他的，尤其當他瞪起眼睛的時候。但我不害怕，只要是李老師的課，我總會抖擻精神。

李老師上課的時候，講話節奏很慢，老是表情陶醉地自顧自說，特別是讀詩時，一副如癡如醉的樣子。當時還沒有空調，他上課時會拿着一把大蒲扇，穿着短袖白襯衣，邊講邊扇。他有一個兒子，也在這個班裏，年紀比我小一些。

李老師同樣是我的國畫美術教師。每週班上都有一堂美術課，那是我最享受的一門課。從三水到香港這些年，我的畫筆一直伴隨着我。

上課通常是畫靜物，或自選題材。由於我的畫跟原物真實度較高，同學們都公認我畫畫最出色。每到美術課，我總是既開心又期待。

李老師在國畫方面受過傳統訓練，可以說是我的國畫啟蒙老師。看着他一勾、一點、一筆、一畫，就能畫出了一塊石頭，我先是覺得奇怪，再是驚奇，這正正勾起我的興趣繼續看下去。我算是領會得快，每次下課前便能把畫完成。李老師看了我的畫作後總會微笑點頭，細心地給我點評。他的教導為我扎下穩固的繪畫根基。李老師很賞識我，會把學校最顯眼的壁報板交給我編排和設計。每次走過壁報板，看到其他同學停下來欣賞我的作品時，我都會感到非常滿足。

因為李老師的緣故，我一下子愛上了國畫。他家住新界大埔，有時候會邀請學生到他家去學習。那裏有一個大果園，老遠就能聞到水果的芬香。有一天，我到老師家讓他看我畫的習作時，提起我不喜歡自己的名字。那時我叫李麗金，是祖母改的，意思是「金生麗水」。名字有意思，我卻覺得略嫌俗氣一些。李老師知道我除了喜歡繪畫，還喜歡詩歌。他想了想，給我提議了我一生沿用的名字：李樂詩。

領舞者

在現代社會中，外表出眾的個體往往能夠吸引更多的注目，這也可能讓相貌平凡的人感到自卑。在班裏，我是個少言寡語的女孩子。到了愛照鏡子的年齡，我發現自己相貌平平，自知沒法走撒嬌的路線，只能學會獨立，通過內在美展現自己。

這年學校舉辦了一場盛大的舞會，整個校園都為之歡騰。我特別喜歡跳舞，因為它能讓我完全陶醉於樂韻當中，透過優雅的擺動，抒發內心的能量。

然而，校園舞會常常帶來一個煩惱：尋找舞伴。三個月前，同學們便開始邀請舞伴，有些長得好看的女生要不到處炫耀，苦惱着該答應哪一個男生，要不無聊地猜測最後哪個女生會落單。舞會前，我沒有主動問過任何男生，最終亦沒收到任何邀請。到了舞會當天，舞池旁只剩下我和幾位同樣沒有男伴的女生。雖然我不太在意，但其他幾個女生卻流露出尷尬和落寞。

我內心立時湧現一個想法：誰規定女生跳舞一定要有男伴？我毫不猶豫地輕挽着其他女生，自信而瀟灑地走出舞池。「我跳男步，你們跳女步。」我堅定地說。當音樂奏起時，我以男性的舞步緩緩展開，而其他女同學則以優雅的女性風采輕盈起舞。那一刻，整個舞池彷彿靜止了時間，所有人的目光都專注於我們。我們猶如成為了舞池中最璀璨奪目的星星，閃耀着屬於自己的光芒。這不僅僅是一場舞會，更是一種對刻板印象的挑戰，讓大家了解跳舞的真正意義。舞蹈本來就不分身材，不分性別；它是一種自由的表達，透過舞步展現內心情感。舞者就像是音樂的載體，通過肢體語言述說着自身的故事。

這一晚，我打破了常規，也證明了自己的價值與存在。與其因沒人邀舞而苦惱，倒不如隨着現實環境改變自己。學男步並未難事，還能鼓勵其他女生，不是很好嗎？外表無法決定一個人的價值，我們應該堅定地前行，挑戰社會的定義，不讓平凡的外貌束縛內心的光芒。這夜，笑聲、自信和喜悅充滿了整個舞廳。

在青少年時期，除了在三水鄉村度過的一年，南華中學的日子也成為我生命中另一個重要階段。如果說在鄉下那一年種下了熱愛大自然和藝術的種子，成為我未來繪畫天賦的泉源，那麼南華中學的教育則為我內在天賦的成長和發展提供了關鍵的推動力。優秀的種子也需要扎根於肥沃的土壤中，方能綻放出耀眼的花朵。

中學階段的不懈努力和追求，讓我變得更加自信和堅毅。無論是游泳、籃球、繪畫還是舞蹈，我一直挑戰自我，力求進步。小時候的夢想，一步一步地融入了現實。回顧過去，我體會到，每一次努力都在塑造我的品格，每一份執着都支撐着我邁向更高處。無論未來帶我走向何方，最重要的是保持初心，勇往直前，追尋更多可能。

1 樂詩（前排左二）與女子及男子籃球隊隊員

2 樂詩（後排左一）與一眾參與渡海泳的朋友

SOUTH CHINA MORNING POST, HONGKON

Inaugural Tolo Cross Harbour Race

Tam Wai-hung (above) won the first Tolo Cross Harbour Race conducted by the Taipo District Sports Federation yesterday. Tam won in 35 minutes 10 seconds, two minutes 19 seconds clear of Ho Tin-gi, a 14-year-old schoolboy, who was runner-up. Ng Shug-kun was third in 38 minutes 48 seconds.

The first lady to finish was Miss Choi Yuen-lan, who completed the distance in 44 minutes 10 seconds. Second was Miss Li Lok-si in 46 minutes, and third, Miss Hung Ling-foke, 13, who was 34 seconds behind the runner-up.

Seventy-one started the race, with three failing to finish.

Pictured at left are, from left: Hung Ling-foke, Choi Yuen-lan, and Li Lok-si.

CORRESPONDENCE

Olympic Contingent

(To the Sports Editor, *S.C.M. Post*)

Sir,—I was staggered to learn that Ronnie Poon has lost his place in the Hongkong representation to the Olympic Games, as this athlete was placed third in the 'order of preference' by the Olympic Selection Committee of the 'H.K. A.A.A.,' a selection, I might add, which was approved by the General Committee at their

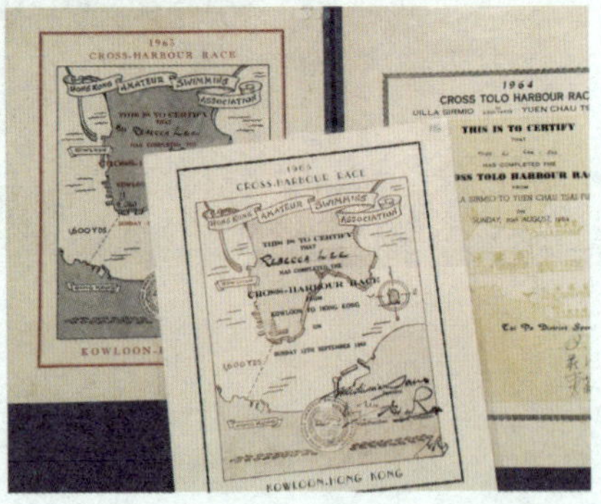

1《南華早報》頭條報道首屆吐露港渡海泳公開賽

2 參加渡海泳的證書

第 5 章
(CHAPTER FIVE)

藝術奇遇

師承大師

我的另一個恩師，是英文老師杜文慧。

有一天，我在學校後的庭院和杜老師聊着天，她仔細觀看我的畫，「樂詩，你繪畫很有天賦，我想介紹你見一位名人。」我呆呆地點頭，老師帶我見的人肯定是很重要的人吧。

下一個週末，杜老師領我從中環坐船到尖沙咀。看着湛藍的維多利亞海港和頻繁穿梭其中的船隻，從三水來香港像是昨天的事。到了尖沙咀碼頭，我們從海邊一直走到佐敦道。杜老師在一棟唐樓的大門前停下，跟我說：「老師叫你做甚麼、畫甚麼，你跟着做就好，記得。」說罷，她領我走了三層樓，其中一個單位的大門已經開着，我們便直接走進屋子裏。

房子很小，小廳裏放着一張用兩塊木板拼起來的桌子，一頭用東西撐着。座子旁邊還有一個書架，架上有石膏像、塑膠花、假水果，牆上掛着一些畫，還有一個達摩祖師像的根雕。

屋裏畫作如林，卻不是幅幅都鑲好、裱好，十多二十張的捲起、疊着，用雞皮紙包裹好，再用膠紙、牛皮紙黏着封口，一綑綑的置於牆角。

「地方小，有甚麼辦法呢？」一把聲音從我後方傳來。我一轉身，看見一個中等身材，微胖，大約四十多歲的男子走來。他頭頂平平，方圓的臉，目測身高也就一米五幾。我傻傻呆着，一時不知道該說甚麼。「快向周老師問好。」杜老師向我叮囑。

「不拘小節，坐下吧。」男子指向畫室裏的椅子。我輕輕坐下後，他把一塊畫板放在我面前，板上夾着紙，用一根釘子釘着。之後，他又拿出一個摩西的石膏像放在桌子上。「畫這個吧。」他隨意地說道，然後背對着我坐在窗前，手裏點起煙來。我雖不抽煙，卻莫名其妙地覺得煙絲很香。我拿出畫筆，開始仔細地根據石膏像的形態，一筆一勾地把摩西的面容和神態畫到紙上。畫好以後，我輕輕放下畫筆，等待他的指引。「周老師，樂詩畫好了。」杜老師替我說。他馬上從嘴上拿下煙斗，走到畫前仔細地看，然後拿起筆來，在一個地方重補一下，整幅畫的陰影馬上呈現出來。我心裏驚歎着，居然簡單幾筆已經把整幅畫的比例、光線和平衡調得如此精確。

他看了我一眼，說道：「不錯，下週這個時間再來吧。」

「樂詩，快謝謝周老師！」杜老師興奮地說。

杜老師領我從樓梯快步往下走，出了房子的大門後緊緊地握着我的手。「周老師是大師，他讓你再來就等於願意收你為徒了，你千萬別浪費這個機會，要好好跟他學。」

原來這位「大師」就是著名中西水墨畫家 —— 周公理先生。他是廣東梅縣客籍人，1903 年出生於廣西寶陽安城土司家庭，自幼就愛好美術。長大後他負笈廣州，考入廣州市立美術學校初修木炭素描，後轉學上海藝術大學西洋畫系。他課外專師俄籍名畫師普特爾斯基，學習西洋畫技巧。中國畫則師於晚清民國時期著名畫家、書法家及篆刻家吳昌碩門下。後來，他拜師「東亞畫王」李鐵夫，向他學習人物畫。

四十年代他曾出任廣西藝術館館長，與徐悲鴻聯合舉行抗戰畫展。戰後他移居香港，設立民族藝術學院，積極推廣藝術。他在畫壇享譽盛名，受張大千、徐悲鴻、羅叔重等不少藝術名家所敬重。他曾在泰國、美國加州、加拿大滿地可和多倫多等地舉行畫展，作品也被香港藝術館、香港文化博物館及加州各博物館收藏。

他的作品中西兼備、題材豐富，而且無論國畫、油畫、水彩、素描還是雕塑，他樣樣皆精。在他看似傳統的水墨畫中，能讀出西洋畫的影子。在西洋畫的風格中，又能看出水墨的筆法。

而眾多題材中，他最擅畫鴿子。在以雄雞、鷹、鳳等題材為主的水墨畫中，他卻畫出西方象徵和平的白鴿。鴿子下筆成形，線條流暢，使筆下的白鴿形神兼備，他因此被畫界稱為「鴿王」。他也擅長畫玫瑰，習慣以白色勾勒玫瑰花邊，呈現出來的玫瑰枝葉繁茂、聚散得宜，享有「玫瑰王」之稱。

原來這一天，我成為了一位如此傳奇的畫家的門生，那是何等的幸運和榮耀。

自此，我一週到他家學畫兩小時，從素描開始練起，用炭枝對着石膏像不停地畫，進行着基礎練習。老師告訴我，畢加索最初也是學這些素描的基本功，後來才學人體寫生。我先學的是頭像畫——從五官頭骨、臉相、身體形態，以至光暗、立體的表達，老師一一向我傳授。

一年多以後，我進入了速寫和水彩學習階段。

水彩跟油彩和粉彩不一樣，有很多的色彩。初期，老師給我一枝塑膠花，讓我跟着畫。我很努力地畫，看上去卻還是亂七八糟的。老師把光一點、一按、一推，整朵花就活出來了。他平時侃侃而談，但教畫的時候講話很少，他要讓你悟，你也只可以悟。

他還給我一個速寫本，讓我放在書包裏，不論在哪裏，隨時隨地都可以把身邊有趣的形象速畫下來，上課的時候再交回來給他看。

兩年以後，我開始跟着老師學習油畫和水墨畫。

每次上課的時候，他都會在我的畫冊上畫一幅畫，並叮囑我仔細地觀察他的用筆，包括中鋒、偏鋒、逆鋒、回鋒、轉鋒的不同。看完後，我便開始自己練習。每次畫完，老師都會替我修改並點評，告訴我哪些地方畫得好，哪些地方還需要改進，並指導我如何掌握光暗比例。回到家裏，我經常打開畫冊，看着老師的畫回想他寫畫的情景，慢慢思索他的畫法，比較與自己的不同，再勤寫勤畫。按照這個方法差不多學了一年多，我的作畫已經打下了很好的基礎。

周老師青年時期獲廣西省公費，遊學於日本、法國，遍遊歐洲博物館和里昂雕刻院。除了接受系統性的西洋畫訓練，他亦在這段時間拜訪名家及觀摩歷史畫派，在學院派中另成自己一格。他的作品亦入選法國沙龍、日本帝展，設有公理畫院授徒。年紀尚輕，他的中西畫藝已名揚於申江。

周老師在歐洲學畫的時候，最常就是到戶外寫生。他認為寫生十分重要，因為大自然是學生最好的素材。畫家需要觀察入微，並以流暢筆法展現畫中主角的神髓。每一次周老師帶我們去寫生，大家都會高興得很，彷彿去旅遊一樣，拿着畫夾，神氣十足地跟在老師身後。

寫生的時候，我會帶上油畫箱，裏面放着前一天準備好的畫筆、油彩和油畫布。當時買一個畫架很貴，我儲了很久的錢才買了一個。除了油畫箱，還要帶上洗筆缸。有時候要背着這些工具走很久的路，我卻從來不覺得累。到達寫生地，選好位置後，畫一幅畫大概要一兩個小時。配色要很準確，老師已把我訓練到不用想就可以很快調好所需顏色。畫風景難度很高，老師告訴我，每種光都有三種顏色，有第一光、第二光，還有第三光，也就是頂光。從前我的畫只有第一光和第二光，所以畫面感覺很平。畫完後，我會小心翼翼地把畫好的畫放在畫夾裏。老師也會教我們自己做畫布。在麻布上，用膠漿塗上去再加白色塗料便成，便宜省錢，用來習畫最好。

從他身上，我學會恰到好處的虛實線條、濃淡用色，於傳統水墨畫中呈現出來的透視空間。我亦領悟到畫傳統花、鳥、山水國畫的同時，如何將西方題材、畫技融入水墨畫的獨特畫風中，使作品在中西兼備的水墨畫筆下充滿神韻。

漸漸，我愛上了野外寫生，也走遍了香港的山和島。香港是一個很特別的自然風景區，有山有海，是個最好的大自然教師。在大自然的懷抱中寫生，又怎會尋不到創作的靈感呢？

我常常一個人，拿着畫板，到南生圍的水塘、大澳的漁村、新界的田野、坪洲的山崖、大嶼山的寺院，甚至避風塘的艇家中寫生。在這些地方作畫，我總是自得其樂。在行雲流水、泉石鳥雀的景色面前，如何不令人心曠神怡？

師叔李鐵夫

老師家裏有一幅人像油畫，只用了幾筆，就把人物的明暗、色澤都展現得淋漓盡致。我後來才知道，這幅自畫像出自周老師的恩師，也就是被孫中山先生讚譽為「東南畫壇巨擘」的李鐵夫。

我的師叔李鐵夫於 1869 年出生於廣東一個農家，少年時期就學習繪畫、詩文和書法。十六歲的時候，他離鄉遠赴加拿大謀生，後來又到了倫敦學習繪畫，屬於第一批到歐洲學畫的留學生。1905 年起他受教於著名畫家威廉切斯（William Merritt Chase，1849-1916）和約翰薩金特（John Singer Sargent，1856-1925）長達十九年。他艱苦學習，掌握了繪畫的高度寫實技巧。他的油畫、水彩畫受這兩位藝術巨匠影響甚深，肖像畫表現突出，在西方畫家中亦出類拔萃。1916 年，他加入了最高畫理學府「美國老畫師會」（International Academy of

Design），也是第一個被允許加入這個學會的亞洲人，十年間曾經有十一幅油畫入選畫理學府的畫冊。

李師叔不僅在油畫、水彩畫等方面有傑出成就，在我國傳統文化方面也修養有素。他能詩善文，兼作傳統水墨畫。他吸收東西方藝術精髓，相容並蓄。他不但形成自己的獨特風格，更具有時代的典範性。從他遺留下來的少數繪於上世紀初的肖像畫就可知道，他的油畫造詣已經達到精煉的境界，被人們普遍稱譽為「東亞畫王」和「東亞第一畫家」。

1930 年，李師叔回國，不久便到香港定居，一直過着淡泊、清平的獨居生活。抗日戰爭期間，他一度回到國內，畫了許多揭露日本帝國主義罪行的畫作。後來他去到廣州，就任華南文藝學院名譽教授、華南文聯副主席，並將自己的作品全部獻給了國家。

李師叔又被人們善意地稱為「畫怪」。他是一個正直、富有正義感的人，對社會中的不公總是不留情面地痛罵。他也是一個忠於自己的藝術家。他的肖像畫很有名，有些富商即使出重資請他畫肖像，他都一一置之門外。那些冒充內行的巨賈就算願意出天價買他的畫，他仍不屑一顧，一笑置之。這是一貫世故的人所不能理解的。這，就是藝術家的傲骨。

在五十年代初，李師叔已經年邁八十多歲了，生活卻十分清苦，僅住在紅磡的一間破木屋裏。他面孔瘦削，頭髮斑白，每天黎明即起，手持一根枴杖下山，風雨不改到油麻地一家茶樓去，坐在那個固定的位置。他在席上看七八份報紙，解決早午晚三餐，偶爾發表自己對時局的見解和牢騷，再逐一接見親友和學生。這家茶樓成了他的會客室，找他的人自然會摸到這裏來。

晚上，老人拖着疲乏的身軀離開茶樓。在靜寂的街燈下，這個孤獨無依的老人慢慢踱回家去。他那漏水的木屋被老人美其名為「諸葛廬」，冬天寒風從四面襲來，夏天像一個餘熱未散的焗爐，雨天更濕得像一座水瓜棚。每天晚上，他向草席上噴幾口水，把一塊布鋪在泥地便席地而睡。這樣的生活使他晚年得了嚴重的關節炎。

「世界上許多著名的畫家和藝術家，晚年大多如此，這大約就是一個畫家的人生範例。」周老師語重深長地向我講述李師叔的一生，這也深深影響了我日後在藝術家和商業設計師之間的抉擇。

「如果他稍微世故一些，或許晚年不至於如此潦倒。」周老師慨嘆着。的確，如果他入俗一點，便能像現在一些畫家那樣名利雙休，但他卻甘於生活在那無法躲避風雨的「諸葛廬」裏。以世俗的眼光來看，他無疑是怪的。而了解他為人的，對他只有敬佩和欣賞。有人說他晚年淒涼，可這種清貧的生活，反倒叫他安然自在。一個人唯有在物質生活上能淡泊知足，才能不為營役。我相信，他內心是豐盛精彩的。

李師叔的油畫大部分已散去了，留下來大約有二十幅。這些作品包括了上世紀二十年代以前他的黃金時代的作品。對中國藝術來講，這是一筆豐富的藝術遺產。即使畫去人逝，他留下來的寶貴價值觀，卻永不會隨時間而消逝，將一代又一代傳揚下去。

畫家個性

在周老師身上，我看到李師叔的影子。

作為一個享譽盛名的畫家，周老師的生活同樣是如此平凡，毫不寬裕。他的畫室很小，畫好的畫都要捲起，捆紮置於牆角。不是他不愛畫，而是付不出空間去愛惜。他就睡在畫室裏，待晚上學畫的人走了以後，才把畫桌上的木板拆下，安一張帆布摺疊床，睡在畫堆中。

老師特別喜歡我，所以只收我半價的學費。但他收費本來就很便宜，一個月才二十元。學生有十幾個，最多時有三十多個。學生少的時候，他便會賣畫維持生計。

他經常跟我說：「繪畫是終身的事，需要不斷總結，學無止境。」他更鼓勵我有機會多去博物館看畫，在年輕時多吸收。也是這個緣故，將來我每去一個國家遊歷，都必定參觀當地的博物館。

我不但在畫風上深受老師影響，亦被他的人生觀啟發。老師溫和卻不隨意，固執卻不刻板，對人很有耐心。他性格幽默、風趣，總是笑眯眯的樣子，樂觀地看待每一天。天空明明是藍色，可無論如何，他畫中的天空永遠是暖色的。「你看看，它是有折光的。」他總是這樣說，因為他的世界從不陰暗。

他年輕時很有藝術家脾氣，但到晚年時，變成一個非常可愛的長者。他常常說自己是無「齒」之徒，因為門牙已經掉了。他又說自己是好「色」之徒，因為他喜歡穿大花大朵、色彩鮮艷的衣服。

周老師的教誨，對我一生有着不可磨滅的影響。我跟他上課的最後一天，他緊緊握着我的手，跟我說：「藝術家要有自己的風格、畫格和個性。一個畫家成長的道路若果沒有自己的個性，沒有固執作畫之精神，永不能夠形成一種畫風。」

我的個性是甚麼？甚麼又叫作個人風格？

在這青春時期的二十年間，我一直在學習：學習泳者游泳、模仿大人講話、跟隨老師學畫、努力學習以迎頭趕上母親口中那個「朋友家的女兒」。這些都是理所當然的。嬰兒學行、少年求學，全是必經的學習階段。所有畫家都是從臨摹開始。擁有值得仰慕的人才能激發我們努力追求渴望的人生。

然而，學有所成後，路要怎麼繼續走下去才是艱難的學問。

我經常想像着，將來的人生會有甚麼事情發生？此刻我就像余光中詩中那隻「待飛的巨鷹」[12]，等待自由奔放的瞬間。年輕真好，充滿盼望和無限的可能性。

我告訴自己，不論如何，都要遵循周老師的教誨，保持個性。儘管被外人批評為「固執」的堅持，也不能改變初心。我相信，繪畫就像人生，必須忠於自我，才能畫出一幅宏大的巨作。

12 出自余光中的詩《鵝鑾鼻》。

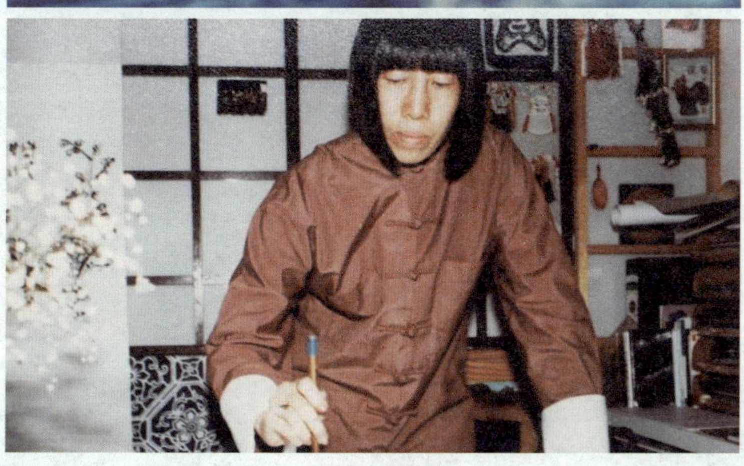

1
2

1 樂詩在野外寫生

2 樂詩在工作室揮毫

1　樂詩的繪畫教師周公理替藝術大師張大千畫肖像畫

2-8 樂詩以不同筆觸、風格、作畫工具，在香港四處留下不同的畫作

9　樂詩的國畫教師李靜如

10 周公理老師送給女弟子樂詩的畫

11 周公理老師

12 樂詩水墨畫作品，名為《梅花》，由畫家劉海粟提字

13 樂詩與劉海粟

第六章
桃李年華

第七章
婚姻故事

第八章
東山再起

第二個

追求完美的人，
注定要拋棄安逸的生活，
還要走遍世界的各個角落，
直至尋覓到能夠讓自己滿意的答案。

第 6 章
(CHAPTER SIX)

桃李年華

現實與夢想

到了桃李年華，是我該思考人生下一步的時刻。這本應是自由奔放的年華，但年輕人總是面對着來自各方的枷鎖，無法隨着自己的意願展翅高飛。這些拘束或許是父母的指望，又或許是社會的目光。在我這個年代，更多是家庭責任。

雖然父親是做生意的，但算不上大富大貴，無法把八個兒女都供上大學。

我大哥養泉是家裏最早出身的一個。父親從學徒出身，深信當學徒是從商必經的鍛煉。他期望長子隨自己一樣做生意，曾想過親自教導大哥，但擔心感情用事，於是將大哥送去尖沙咀一家有名的古董店當學徒。店鋪的老闆是上海人，父親認為上海人最為嚴格。儘管老闆是我爸的朋友，卻絲毫不留情面，甚至嚴厲得有點刻薄。

學徒在店裏甚麼活都要做。養泉在家裏是長子，很受寵愛，從不需燒水、掃地。現在大哥每天睡在古董店裏，不僅要燒水掃地，還得泡茶、倒尿罐。

大哥上班的第二週，母親為他做了些好吃的飯菜，領我一起給他送飯。去到大門，門鎖了，我們只好敲門。過了半晌，一個傭人從門縫窺視。「我是給兒子送飯的。」母親輕聲說。傭人伸手出來，卻不開門。「我想親自給兒子送飯，順道看看他。」傭人遲疑了一下，才開了門讓我們進去。

房間漆黑，只見一男子側臥在地板上沉睡。他聽見聲音轉過身來，才發現這是大哥。原來他這段時間只是打地鋪，連一張床也沒有。大哥看見我和母親後高興得跳了起來，咧開嘴笑。母親倒是哭了，心疼極了。才待了半個小時，大哥就讓我們趕緊回去，因為他要把握時間休息，天沒亮就得起床打掃和開店。

回家的路上，母親一言不發。回到家裏激動地跟父親訴說：「你讓兒子明天辭工回家吧，這工作太辛苦了。」

「不磨練怎能成材，兒子都沒喊哭，你在這心痛甚麼？」父親不同意，母親也沒辦法，只好忍着思念和不捨，等着養泉熬出頭。

大姨媽聽見後，比母親更焦慮。養泉從小過契了給大姨媽，大姨媽待他就像親兒子一樣。從那天起，大姨媽每天為養泉做飯，然後讓弟弟坐天星小輪到尖沙咀給大哥送飯。提及這些，弟弟總會笑着說給大哥送飯耽誤了不少讀書時間。

看到大哥的努力，身為長女的我，在中學畢業後也主動放棄了上大學的機會，選擇投身社會工作。十八歲時，我正沉浸在藝術的世界，渴望成為一名畫家。

對我而言，繪畫是我對生活感受和美好事物最赤裸的表達。有時為了捕捉天空上的雲彩，或是大地間的一棵樹，我會走入大自然，靜靜凝視着那茫茫白雲和翠綠樹影。在那一刻，我的心靈似乎與自然融為一體。那份精神上的寧靜與愉悅，是難以言喻的，只能以筆畫傳達。

父母從未表達對我工作的期望，但我怕他們反對我走畫家的路，一直不知如何啟齒。這件事壓抑在心底很久，直到一個晚上，我終於鼓起勇氣向他們說。

父親很晚才從店裏回來，母親給父親端來了宵夜，二人在夜燈下閒聊。我推開房門，悄悄坐在他們旁邊。母親看到我半夜不睡走到客廳，一臉擔憂的模樣。我低聲說：「我畢業以後，想跟隨周老師做一個畫家。」父母互相對視，媽媽低聲說：「我跟你爸商量一下，你快睡吧。」聽罷我二話不說便跑回房間。

其實我不是要他們同意，更多的是希望他們了解我的真實想法。

過了一段時間，一天大哥在家附近的巴士站接我放學，領我從石板街走回家。走着走着，大哥突然問我：「你快畢業了，有甚麼打算？」

我說：「我想做畫家。」

他沉默了片刻，突然停下腳步，對我說：「這是一個很好的理想，但你要記得藝術不能當麵包。古今中外的畫家都是窮困潦倒一輩子，死後才有名。」

我馬上想到周老師和李師叔，知道大哥大概沒說錯。雖然賺錢並不是我的目標，但我不僅要養活自己，還得照顧弟妹。而且當一個畫家，我大概永遠無法達成環遊世界的願望吧。

於是，我開始思考其他選擇。我考慮過當護士，能夠救人是一件有意義的工作。但是想到得看着病人痛苦的表情，我怕自己無法承受。

父母建議我當秘書或文員，找一份實際的工作。後來大哥帶我去一家洋行應徵打字員。到了辦公室，我看見人們低着頭，在打字機前埋頭苦幹，我心裏只想着：「太死板了！」我從小就怕悶，寫字樓刻板乏味的生活肯定不適合我，根本不用考慮了。

回家路上，正苦惱之際，我碰見一個在廣告公司工作的師兄。他正追求我的朋友，對我特別友善，希望我能在朋友面前替他美言幾句。他知道我美術特別好，聽說我在找工作，便告訴我一家廣告公司正招聘設計員，讓我去試試看。直覺告訴我，這是屬於我的機會。不能當畫家，但不表示我必須脫離藝術。

廣告新鮮人

這家正招聘的公司名為華美廣告公司，位於中建大廈，是當時香港三大廣告公司之一，老闆是上海人。

七十年代的時候，白領在社會地位上相對較高，特別是在中環寫字樓工作的白領。為了我的面試，母親特地為我做了一套淺米白色上綴棕色小花的高領旗袍。我帶了幾張油畫、中國畫、水彩和素描圖，提着一個畫夾，便去面試了。

走進公司的大門，接待員打了一通電話，然後領我到一間會客室。

在會客室，一位穿着白襯衣，繫着領帶，藍眼金髮，四十多歲的外籍男子坐着。他是公司的美術總監，來自英國，名叫 Eric

Ryder。他在業內頗負盛名，他的女兒正是六十至七十年代著名的歐西流行曲女歌手黎愛蓮（Irene Ryder）。

「讓我看看你的作品。」他直截了當地說。

我打開畫夾，把幾張水彩和素描圖擺滿整張桌子。他看了看：「還有嗎？」桌子已經沒有位置，我索性將兩幅油畫放在地板上。

他拿着煙斗，從桌子旁站了起來，認真注視地上的畫。

「下週可以開始上班嗎？」

我以為自己聽錯了，一時間不知該如何反應。

「可以嗎？」

我急忙點頭，然後收拾起我的畫。

走出公司的大門，我按捺不住激動的心情。我抬頭看着中環的大樓，心裏想：「我也成為了中環的白領。」在我往後的每一個工作面試，靠的都是自己的畫作和設計。

當時廣告業在香港屬於新興行業。在傳統中國文化裏，大家認為次等的產品才需要賣廣告，優秀的產品靠着口碑自然能吸引大眾。廣告這個概念在外國率先流行起來，因此當年香港廣告公司的主管，都是由外籍人士佔據主導地位。當時女性在設計行業也很罕見，除了一些文書處理的秘書和助手，公司裏清一色是男性。大多數女性還在工廠工作，穿着高跟鞋走在中環的上班族，屬於稀有的一群。

工作了數月，我與華人美術總監閒談時問道：「要花多久時間才能夠晉升到您的職位？」他聽到我的問題時，似乎感到有些驚訝，一位年輕女性居然如此進取。他輕描淡寫地回答：「這很難說，通常需要十年，最快也得八年左右吧。」於是我在心中默默數着，若要晉升到美術總監，那麼我已經三十歲。我從設計書本上得知，一個人過了四十歲後，創作力就會逐漸減弱。於是我站在美術部門前對自己說，要在七年內登上他的位置，並在三十五歲前達到職業生涯的巔峰。

越是艱難的事情，我內心中的火焰就越加熾熱。

廣告界的人都有一股傲氣，自認為是天之驕子，有點像現在專研人工智能和高科技的人士一樣。當我剛加入「華美」的時候，我很苦惱該如何融入這個群體。我喜歡的是設計和草圖，並不是工筆。儘管如此，初入職場的時候，我還沒有選擇的權利，只能默默地按部就班。進公司時，老闆只給了我三個月的試用期。為了證明自己，我仔細觀察了美術部的每個人，找出他們的專長，再突出自己比別人優秀的地方。

沒多久，同事開始接受我。我的優勢是學習能力高及涉獵廣泛。我甚麼都願意做，甚麼畫都能畫，毫不吝嗇我的時間和精力。除此之外，廣告界的老行尊大多沒有接受過正規繪畫或美術訓練，因此大家特別欣賞我的繪畫能力。

公司的規模夠大，為我提供了一個優秀的學習平台。一方面讓我接觸到高端的產品和客戶，另一方面讓我與來自日本、韓國、菲律賓、澳洲、法國、美國等不同國家的設計師共同工作。

儘管我充滿了雄心壯志，我逐漸意識到商業廣告和純藝術創作有着極大的區別。廣告設計涉及多個方面，如平面設計、產品銷售、市場營銷、商業攝影等。客戶需要的不是純粹抒發情感的藝術品。我發現自己的專業技能還遠遠不夠，要想在這個領域取得突破，還有很長的路要走。為了從純藝術創作過渡到商業設計，我開始積極尋求進修的機會。

大哥鼓勵我到香港工業專門學院（即香港理工大學的前身）修讀商業設計。於是，我白天在公司忙碌工作，晚上再到學校上課，認真學習課程的理論知識。週末我也不讓自己閒着，積極參與廣告行業相關的講座，以緊貼潮流及彌補我見識上的不足。

在公司裏，每當老闆問誰願意加班時，我都會首當其衝請纓。即使沒有加班費，我也毫無怨言，因為我很珍惜每一個學習機會，也希望向上司證明我的能力。

五年過去了，我卻仍然停留在「artist」的職位。在廣告業中，這是最底層的級別，負責執行性工作，內容偏向流水作業。我渴望能夠盡快晉升到「designer」的職位，這樣可以在創作方面擁有更多自主權。可是，「華美」畢竟是一家名牌廣告公司，資深的美術員比比皆是，我必須順從現有制度一步步向上爬。於是，我決定不再浪費時間，向「華美」告別。

我轉投到美靈廣告公司，就在中建大廈對面。我獲晉升到「designer」的職位，薪資也提高了一半。在「美靈」工作一年後，我覺得自己在廣告設計方面的基礎已經相當穩固，同時在這數年間也積攢了一定數量的信任客戶。因此，我毅然決定獨立發展，做一個自由身設計師，以個人身份承接設計工作並且獨自完成整個創作過程。

想法是很美好的，但實際執行時才發現困難重重。我的人脈關係尚未夠廣泛，以致工作和收入較為不穩定，有時甚至遇到客戶賴帳的情況，使得入不敷支。

不久後，我不情願地放棄了自由設計師的生活，重返大企業。我選擇加入連卡佛百貨公司的設計部，擔任其首席設計師(Chief Designer)。

蘭桂坊

當年連卡佛的總監是 Robert Huthart。他的兒子 Gordon Huthart 在蘭桂坊創辦了聲名大噪的「Disco Disco」。

當時大多數的香港人，仍然生活在保守的中國傳統文化之中。七十年代有一部名為《週末狂熱》(*Saturday Night Fever*) 的電影，以 Disco (的士高) 文化為主題。這部電影一上映便風靡全球，掀起了一股搖滾和時尚的熱潮。

夜幕降臨後，整個城市會變為不夜城。當時的蘭桂坊尚不是香港夜生活的象徵，夜貓子們還在九龍流連，而「Disco Disco」成為了蘭桂坊的開端。這個地方不僅華洋雲集，更是一個叛離上流社會的奇特空間，成為了音樂、舞蹈和自由的聚集地。據說許多電視名人、流行歌手、模特兒、設計師，甚至像 Rod Stewart、Madonna、Sean Penn、Andy Warhol 等國際巨星都曾踏上「Disco Disco」的舞池。

雖然我不喜歡喝酒，但我喜歡跳舞，於是也成了「Disco Disco」的座上客。

當時香港電視廣播有限公司 (TVB) 舉辦了一場 Go-go Dance 大賽，贊助方是「華美」的客戶 The CITIZEN，所以我也參賽了。參賽者中還包括了黎愛蓮和第一代本地外籍 TVB 舞蹈藝員

Richard De Silver。我們三人常常聚在「Disco Disco」練舞，在舞池中揣摩着舞步。舞池總是擁擠的，但當你看到身邊眾人陶醉的面容，你彷彿會喜歡上這種擁擠。在巨大的閃光球下，我們隨着音樂的節奏搖擺身體，完全融入這個充滿活力的時代。

蘭桂坊不受國界、種族、性別或背景約束。無論你來自何處，只要你熱愛音樂和舞蹈，大門便會為你敞開，或許這代表的正是香港精神。這裏不僅創造了無數的回憶，也改變了人們對自由的看法，成為不少人青春歲月的見證者。

美術總監

加入連卡佛百貨公司的設計部，我本以為這是我大展拳腳的時刻，但沒想到這份工作實在過於清閒，令我無所適從，漸漸失去那股幹勁。

一年後，我決定向連卡佛請辭，轉投一家世界知名的藥廠，擔任美術總監。我很感恩，能夠達成向自己許下的承諾，在七年內即晉升至美術總監的職位。轉換工作並非對公司不滿，而是為了讓自己升級。人不能永遠固守在同一階段，應該挑戰更高的高度。

我選擇加入 Conmed 這家藥廠主要是因為它規模龐大，讓我有機會到東南亞各地工作。身為美術總監，我的職責包括海外分廠新產品的包裝設計和宣傳推銷的策劃。

藥品包裝設計是一門有趣且具藝術性的領域。除了包裝盒，我還需要了解藥丸的設計。每一種顏色和形狀都有其獨特的考量，並不是隨心而定。例如避孕丸的包裝，其中蘊含許多不為外人所知的設計學問。

除了產品設計，我還需要負責推銷和宣傳工作，而這與市場學息息相關。在設計廣告時，必須明確計劃產品如何推出市場。例如在超市中售賣物品，擺放位置該選在何處？根據數據顯示，最佳位置是處於視線平行的中層貨架上。這或許是理所當然的選擇，但很多企業都會因為上層的上架費較便宜而不選中層，結果因小失大。為了提升市場推廣的能力，我還特意在香港大學修讀了傳媒及廣告學的課程。

在藥廠，我的老闆是一位名叫彼得 · 歐尼爾（Peter O'Neill）的美國人。他是我在廣告界中很尊敬的前輩，我們的工作理念和方式高度契合，他對我的支持和信任為我帶來了莫大的幫助。

在我加入公司之前，彼得請了一位瑞士籍的美術部總監，也是我的直屬上司。幾年後，瑞士籍總監離職，彼得將我提升為東南亞區設計經理。彼得在工作上給予我絕對的自由，尤其在設計方面的決策權。這種環境給了我充分發揮個人潛能的空間，讓我嘗試一切我認為好的設計理念。

在這段時間裏，我的工作和管理能力獲得巨大突破，為我將來的事業打下了穩固的基礎。

1 樂詩在藥廠擔任美術總監時的老闆彼得・歐尼爾（Peter O'Neill）

2 樂詩的工作情況，圖中左一為彼得

3 樂詩設計的藥丸包裝

FERCEE
col-spar
FERCEE
price list
pH22
tetrachel

You can see
the powder alright
But,
most important are
the invisible
features behind
Teeth are forever

第 7 章
(CHAPTER SEVEN)

婚姻故事

談婚論嫁

除了工作，二十多歲的我也步入了婚姻。

在一次廣告公司的聚會中，我結識了年輕的他。我很快被他的才華所打動，作為一個愛才之人，有才華的人對我來說別具吸引力。

到了談婚論嫁的階段，我獨排眾議，不顧家人、同事和朋友的反對，和他結了婚。我堅信自己的眼光，當所有人都看不起他，我更要支持他、栽培他，讓大家對他另眼相看。我肯定他會拔地而起，翱翔千里。我願意與他攜手並肩，白手興家，開創屬於我們的新天地。

被偷走的五年

我們在職業和經濟能力上差距較大。當時我已是一名職業設計師，不論在金錢還是精神上，我都願意全力支持他，幫助他成為一名時裝攝影師。我資助他創業，開設以他名字命名的影樓。初期，凡是我負責的設計項目，我都特意指定他為攝影師，並在作品上放上他的姓名。經過一段艱苦的創業期，他終於脫穎而出，名氣漸起。然而，就在他事業起飛的同時，美好的生活也開始走向終結。

我們的價值觀產生了根本性的分歧。他愛熱鬧、愛人氣、愛掌聲，享受身邊女人對他的崇拜。每週家裏都衣香鬢影，邀來光鮮亮麗的模特兒狂歡作樂。他就這樣漸漸迷失在這團煙火迷夢中，無法自拔。

而我，卻彷彿別無選擇。每當丈夫需要經濟支持，我依然默默承擔。母親的賢惠早已深植我心，使我固執地相信，作為妻子，就應該無條件地支持丈夫，即便這意味着迷失自我。

直到第三者如走馬燈般出現，我才如夢初醒。

醒覺

離婚是他提出的。直到現在，我還是深信他的才華，也感謝他的決定。我們大家都自由了。

離婚當天，我帶着三歲和五歲的女兒，靜靜地離開了曾經充滿喧鬧的「家」，搬到不遠處的醒閣大廈。這個新居，象徵着我的「醒覺」。

除了醒覺，我還漸漸學會放下，學會從容。在這段關係中，我傾盡全力支持他追求理想，卻放棄了自己的夢想。年復一年，我不僅身心疲憊，更失去自我。離婚後，我終於得以重塑自己的人生。我尋回的，不僅是自由，還有對自我價值的認知，以及向未來前行的力量。我很感恩這段婚姻比預期中早結束，讓我可以重新啟航。

我希望告訴失婚的姊妹們，不必悲傷，也不要怨恨。不是所有人都能和伴侶同偕白首。如何完成人生的路途，純粹是個人的抉擇。對許多人來說，一個人跑這條路，也許更加適合。

離婚可以是一種解脫，一個人重獲新生的契機。它賦予你勇氣，去踏上屬於自己的道路 —— 那條曾經嚮往卻被現實阻擋的路。如果我一直被困在這段婚姻中，我還會擁有未來的精彩人生嗎？

我鼓勵你努力去改變、去發揮、去超越自我，昂首自信地站在人前。當你越過難關回望過去，你會感謝自己今天的勇敢。

蜕變

重拾自由後，我經歷了一場內外的蜕變。

我剪下長髮，改為三十年代流行的清湯掛面式短髮。從此，我不再穿裙子和高跟鞋，取而代之的是舒適、簡約的衣着。

我重拾了少女時代那種獨立而有規律的生活。每天早睡早起，嚴格遵循我的時間表。這些日子，我拾回初心，過着忙碌而充實、樸實卻精彩的新生活。

這一年，我還不到三十歲。

1 樂詩與兩個女兒，圖中左一為大女兒，中間為二女兒

2 樂詩當時的家

第 8 章
(CHAPTER EIGHT)

東山再起

絕地重生

念及往日的情分，也明白影樓是他的生計，離婚時，我把影樓和羅便臣道的房子都留給了他。除了兩個女兒，我一切都可以放下。

踏出家門時，我身上只剩四百元，而單是搬運費就花掉了二百多元。除卻一張嬰兒床及個人衣物，我甚麼都沒帶走。我這輩子從未向人借過錢，小時候也不曾向父母伸手。即使身無分文，我大不了忍耐一下。然而此刻，帶着兩個女兒的我，確實需要金錢來度過眼前的困境。儘管萬分不情願，我別無選擇。

腦海中唯一浮現的人，是彼得。他了解我的為人，知道我是個有借有還的人。

踏進他的辦公室，本打算直截了當，但來到他面前，我卻無法啟齒。

「我和兩個女兒在找地方住。」

「我可以幫你到處打聽一下。」

「我已經看了，只是⋯⋯錢不太夠。」

「你差多少？」

「就三萬。」

他拿出鋼筆，立刻開出了一張支票。

我不是一個眼淺的人，但淚水卻不由自主地從臉上滑落。我不是一個擅長表達自己情感的人，但我的感激之情至今仍存心裏。

我買了一套房子，離家後總算將女兒們安頓好。晚餐後，兩個女兒坐在小沙發上，短短的小腿伸直時才剛觸及沙發的一半。我蹲在沙發旁，注視着這兩個年幼的小人兒：「從今天起，我是你們的媽媽，也是你們的爸爸。」

這段日子，我白天忙碌賺錢，晚上回家照料女兒。對於賺錢，我倒是滿有信心。我知道憑藉我的雙手，永不會讓女兒們挨餓。

然而，當時的大環境並不明朗。隨着越戰爆發，越南分公司的員工大逃忙，企業也紛紛撤離。當時藥廠的營業部有一百多名員工，大部分是婦女，因為丈夫和兒子都投入了戰場，繁重的工作全落在女性身上。她們都是美麗又能幹的女人，卻不幸受時代所抓弄。後來，由於越南和柬埔寨市場持續蕭條，藥廠的經營變得越加困難，最終導致美術部門停止營運，我也必須另謀高就。

為了家庭，我需要穩定的現金流。按道理來說，加入另一家廣告公司，拿着固定的薪水，是最穩妥的做法。

但我不甘心，不甘心成為一個平庸的人。結婚前，我是一個事業心很強的女性，也是一個嚴格遵循時間表的人，希望用最少的時間完成最多的事情。我在七年內晉升為美術總監，兌現了自己的承諾。然而婚姻拖延了我的步伐，我現在必須奮勇直前，彌補我失去了的光陰。

我決定再次創業，自己經營一家廣告公司。

週末時，我帶着兩個女兒去父母家吃飯，母親聽到我的計劃，一臉擔憂：「以你的能力，找份好工作不難，你看之前的工作待遇多好，也穩當。自己創業風險很大，一旦失敗還可能債務纏身。」母親這番話我早有預料。臨回家前，我對母親說：「我不想為求安穩而妥協。你放心，我不做沒把握的事。」

追求完美的人，注定要拋棄安逸的生活，還要走遍世界的各個角落，直至尋覓到能夠讓自己滿意的答案。

龐元

1972 年，我成為龐元廣告設計公司（AdAsia）的老闆。這一年，我三十歲。

起初，我像以前一樣，一人身兼多職，但很快已分身不暇，需要招聘新人。除了擁有多年行業經驗的設計師，我也招聘了一些新入行的年輕人。我選人的標準很簡單，只要你有熱誠、願意學習、不怕辛苦，我便歡迎。來面試的年輕人，還有些是父親朋友的孩子，拜託我帶他們入行。我的培訓頗為嚴格，但我對同事要求高並不是為了幫我賺更多錢，而是為了讓他們將來能獨當一面。除了工作態度要認真，我期待大家不要沾染任何不良習慣。我也立下一些規矩，比如不容許員工在公司內抽煙。

對於剛入行的同事，我會要求他們廣泛地學習，以掌握每一個設計範疇及工序。兩年後，我會鼓勵員工開始發展自己的興趣及特長。例如哪個同事擅長漫畫，我會在設計中加入漫畫元素，以充分發揮他們的才華。誰工作做得好，我也會毫不吝嗇地表揚和鼓勵。

我和員工的關係可以說是亦師亦友。

還記得某年初夏，一個害羞、不善交際的年輕人前來應徵。看到他態度端正，我還是給了他一個機會。最初我只是讓他負責將完成的正稿送給客戶。然而，我逐漸發現他觀察力敏銳、做事細心，因此讓他嘗試做正稿。正稿並不是一份輕鬆的工作，除了需要準確地呈現構思草圖的概念，還要兼顧設計師許多其他要求。但這年輕人很有天分和耐性，表現非常出色。就這樣，他在我公司做了十多年，成為業界優秀的正稿員。

其實，很多員工都跟我打拼多年，一直到公司結束。在公司，大家把我當成姐姐，而不是老闆，畢竟我們的年齡相仿。公司的員工就像家人一樣，朝着同一個目標前進。

我從不把員工當成賺錢工具，也從不要求他們不分晝夜地工作。每個人都需要在固定的時間，好好放鬆充電。否則，一個人的創作靈感只會在短時間內耗盡，最終心力交瘁。除了工作，我們還有生活。年輕人正值年華，應該多去體驗和享受這個世界美好的人和事。

錢永遠賺不完，名與利也帶不走。除了追求業績，我更希望營造一個開放、自由、友好的工作環境，讓大家熱愛這份工作。公司裏每天都有下午茶時間，讓大家輕鬆地聊天和互動。每年，公司也會組織團體活動，一起外出吃飯和旅行。只有當一個人在工作中找到樂趣和自我價值時，所花的時間和精力才算值得。我也盡可能地給予員工自由創作的空間。我是過來人，了解自由對於一個創作者來說是多麼重要。

寸草春暉

公司營運不久，家中一夜間發生了巨變。

父親意外罹患腦出血，與世長辭。

經歷婚姻不如意的數年是我人生的谷底，也是我父親最艱難的時刻。他的生意再一次受到美國禁運的影響，導致貨物積壓過多。父親在茫然中掙扎，但無論他多麼努力，都無法挽回敗局。父親一生的事業如夢般結束，對他而言是沉重的一擊。

母親告訴我，生意失敗對父親造成了巨大打擊。弟妹還需要依賴家中供養，眼看積蓄逐漸花光，父親在焦慮中度日，萎靡不振，最終積鬱成疾。

我深感自責，悔疚自己沒有在父親最需要支持的時候多陪伴在他身邊。這份懊悔和傷痛，像是嬰兒的胎記般永遠烙印在身上，而且不論盡多大的努力，都難以消除。這段時間，我只看到自己面對的問題，將所有時間、精力和心思都放在工作和女兒身上，忽略了父親的落魄和母親的無助。

此時，家中還剩下六個年紀尚幼、沒有經濟能力的弟妹。在現實的壓力下，我幾乎無暇去修補自己的傷痛。我知道，從今往後，我得撐起這個家。

父親離開後，我僱了個傭人，把母親和弟妹接到我家居住。我希望能給母親一個溫暖的家，讓她可以繼續快樂、勇敢地生活。

大哥養泉和我年紀最大的弟弟耀泉都已經出來社會工作，可以和我一起支持弟妹。

大哥養泉學師有成後，跟父親一樣創業，總算熬出頭，開了一間古董店。

弟弟耀泉高中畢業後，也被父親送去一家上海人開的珠寶店當學徒，又是從燒水、掃地學起。耀泉從小就長得俊俏，胖嘟嘟的很可愛，誰看見他都喜歡捏他的小臉。他像大哥一樣，堅毅地熬過艱辛的學徒生活，還在中環開了一家小小的珠寶店，售賣一些玉器和飾物。後來耀泉的珠寶店逐漸擴大，甚至超過父親當年的規模，建立了自己的工廠，同時在尖沙咀開了一家主要賣鑽石的「中發珠寶店」。他選擇鑽石，是因為他有色盲。其後我發現大哥也是色盲，有天他畫了一幅圖給我看，我問他為甚麼把草塗成紅色，他還以為我故意胡鬧。我懷疑色盲可能是從父親那裏遺傳下來的，所以他才會從事象牙生意。

耀泉是一個很有承擔的人，出身後帶着三弟和小弟在他的珠寶店工作，之後更支持他們開設自己的珠寶店。

至於其他的弟妹，我答應了母親，會盡我所能扶持他們成長，像對待自己女兒一樣，幫他們規劃未來的道路。

我的二弟熱愛攝影，我讓他來我公司學習暗房技術和沖曬。後來，他有了出國進修的想法，我便資助他到英國深造，回港後讓他到我公司工作。當他的技能逐漸成熟，我再幫助他建立自己的工作室和生意。

而我的大妹和小妹，我也讓她們踏足廣告行業，並安排二人加入我公司，小妹更在將來接手我的廣告公司。

如果父親看到我們幾兄弟姊妹相親相愛，互相扶持和鼓勵，想必會感到安慰吧。

每逢拜山，我都會打開錄音機播放他從前最喜歡的粵曲。從某天開始，粵曲成為了我紀念父親的方式。每一個音符、每一句歌詞，都承載着我最深的思念。我多希望，他能聽得到。

柳暗花明又一村

不管日子是陰晴圓缺，抑或柳暗花明，路還得走下去。我必須全力以赴經營我的公司，就像父親當年一樣。畢竟這間小小的廣告設計公司，關乎着全家上下的生計。

眼下，我最擔憂的是如何尋找客戶。

儘管我已經積累了一定數量的客戶，但考慮到單一公司每年在設計上的開支畢竟是有限的，要維持廣告公司穩健的現金流，必須擁有大量的企業客戶。雖然我從事的是廣告行業，但我不喜歡大肆宣傳自己，靠的是口碑和推薦，因此客戶都是一個接一個慢慢積攢而來。

正當我惆悵之際，彼得向我介紹了史允信（Michael Stevenson）。他是香港前政府新聞處處長，後來創辦了一家公關公司，吸納了許多優秀的年輕人加入。香港第一代公關人才都是在他公司培養出來的。我知道，能與這家一流的公關公司合作，對公司極其重要。

第一次與史允信見面被安排在他寫字樓。他個子高大，有着一張長滿大鬍子的臉。

我們見面後，他先談了一會公關行業的概況，然後問道：「你主要做哪一方面的設計？」

「任何新的、沒人做過的設計我們都可以做。」我回答道。

他抬起頭來看了看我，微笑着說：「那就看看你有甚麼本事。後天我會見一個客戶，你也一起來。」

當天，史允信帶我去了一家跨國企業的辦公室。在會議室裏，史允信與公司的行政總裁侃侃而談，講了差不多一個小時，我很快便掌握了對方提出的幾個要求。席間，我靜靜地思考，靈感如流水般湧現。我馬上拿起筆，記下腦海中的畫面。會議即將結束時，史允信注意到我一言不發，特意問我是否有甚麼問題，我搖搖頭。

隨史允信離開會議室後，我將筆記本遞給他。

他接過筆記本，訝異地問道：「這是海報的設計嗎？」

他很驚訝我這麼快就把草稿畫出來了。回到公司後，我讓同事們趕緊按照我的草圖，準備正稿。長期的職業訓練讓我的視覺非常敏銳，即使是微細的比例失調，我也能立刻察覺到。我的同事們早已習慣，知道我不容忍任何瑕疵，所以大家都不敢馬虎。

正稿完成後，我還要將它裝裱得極其妥當。然後我會拿出一個廣告人專用的薄箱，把稿件平放在裏面，以免皺折。當時我使用了一個帶有紅色和黃色蘇格蘭格子圖案的箱子，顯得非常有氣派。

隔天，我攜帶着完成的正稿與史允信再次前往該公司開會。在所有人都坐定後，我將薄箱放平，取出裝裱好的圖稿，向他們解釋了整體設計的理念，以及每一個細節的考量。

匯報結束後，我緩緩地坐下，大家陷入了沉默。史允信緊皺着眉頭，靜候公司代表的反饋。突然，行政總裁拍起手來：「這正是我想要的。」

史允信笑逐顏開，向我舉起大拇指。

就這樣，我們成功贏得了這份工作。這一天也標誌着我倆合作的開端，龐元自此成為史允信的特用廣告設計公司。

透過史允信，我們成功收穫了政府、私營企業、慈善機構、電視台等各行各業的客戶，當中包括市政局[13]、中華電力、賽馬會、海洋公園等知名機構。我們還擔任了許多大型娛樂、文化和體育盛事的總設計師，比如每年一度的國際七人欖球賽。

13　香港在 1883 年至 1999 年間運作的市政機構。

適者生存

做事快而準，是這行的立足之道。

我並不善於溝通，開會的時候都很安靜，但我擅長觀察和聆聽，很快能掌握客戶的需求，並將語言轉化為圖像。因此，我的靈感總是迅速湧現。

同事問我截止日期是甚麼時候，我的回答總是：「昨天。」公關公司經常在最後關頭找我們，趕着將成品交付給印刷廠，這可以說是分秒必爭。

1976 年，我們幫 TVB 設計環球小姐選美大賽的海報和宣傳品。當時我聘請了一位從法國留學回來的設計師，由他負責這個項目。他喜歡先開瓶法國紅酒，抽一根雪茄，然後坐上一天，還是搖着頭、聳着肩，說靈感未到。到了選美大賽記者招待會前夕，仍然未能出稿。

關鍵時刻，我決定親自操刀。我思考着該用一個甚麼形象來展現環球小姐，突顯她美貌與智慧並重的特點。我突然想到古羅馬神話裏的愛神、美神維納斯，她被視為世上最美麗、身材最迷人的女性。我馬上在紙上勾勒出維納斯的輪廓，並在她的肩膀上掛上一條彩帶，上面寫着「環球小姐」四個字。我立即打電話給一個朋友，讓他帶來一個維納斯的石膏像，繫上彩帶，背景設置為香港的海景，並讓攝影師立即拍攝。兩個小時內，設計便完成。

過去，我常要求同事盡善盡美、精益求精，即使沒有達到一百分，也絕不能比以前差。但我漸漸意識到，只要樹立一個榜樣，自然能夠贏得團隊的尊重和認同。

公關公司的女性同事給了我一個綽號，叫做「神奇女俠」，因為我多急的設計都能接，只要我拿起畫筆，再複雜的圖都能修改得妥妥當當。

美術設計是一個很人性化的行業，需要思前顧後、權衡利弊。這也是我所喜愛的地方，它讓我的思維變得更全面和靈活。

在七十年代，香港人口生育過剩，家計會找香港女青年商會和我們合作設計廣告口號，鼓勵家庭節育，解決社會人口過剩問題。口號必須精簡易記——「一個嬌，兩個妙，三個吃不消，四個斷擔挑」，這個深入民心的口號就此誕生，至今還有不少人記得。

我認為設計除了美觀外也要實用，並且符合環保。在那個年代，幾乎沒人談及環保，即使講了也不會獲得認同。因此，我試圖從經濟角度說服客戶。當人們認為一張紙只能做一個盒子，若你有辦法用一張紙做四個盒子，客戶會對你感激不盡。

在廣告設計領域，不僅需要靈活的思維和敏銳的洞察力，設計師還得融入時代潮流，與時俱進，敢於學習新事物。當香港海洋公園籌建之際，我受託負責印刷品的設計。我當時對以「海洋」為主題的公園毫無概念，於是立即買機票飛往美國的迪士尼樂園和其他國家的海洋公園，實地考察，親自體驗世界著名遊樂園的特色景觀和互動體驗。我的想法是，沒去過遊樂園的設計師，又怎能表達那份童真、歡樂和夢幻？

香港賽馬會在沙田馬場開幕前，我亦與史允信的團隊一起負責各項設計工作，包括開幕儀式及出版畫冊、餐廳的用具，甚至彩票、旗幟、海報和各種宣傳品。「賽馬」這個領域對我來說完全陌生。於是，我頻繁地前往跑馬地馬場觀賞賽事，了解各種投注形式。我也多次跟隨英國退休將軍彭福和馬會總經理到沙田馬場施工場地，學習馬場的各個組成部分。

對於餐具設計，我也毫無經驗。於是，我前往日本的一家工廠，觀察製作過程，學習如何將花紋設計印到茶杯和碟子上。回到香港，我再根據普通咖啡座、高級西餐廳及中餐廳截然不同的氣氛與格調，進行了設計。

1978 年 10 月，沙田馬場在彭福將軍的主持下正式開幕。隨着香港第二座馬場的落成，這也成為了我履歷中一個標誌性的項目。

我的深刻體會是：要獲得優秀的項目和客戶，就必須敢於學習新事物。不會拍照就學攝影，不會寫稿就學寫作。我喜歡挑戰未曾涉足的領域，因為這樣的人生才有幹勁。

廣告設計是競爭激烈的行業。每過一段時間，廣告界都會經歷一次「廣告輪流轉」，也就是客戶的大轉移。這是廣告公司最緊張的時候，若一個大客戶多年來都選擇同一家廣告公司，當對方開始感覺廣告設計缺乏新意時，便會考慮轉投其他公司。這信息會迅速傳播開來，各家廣告公司馬上會不惜成本，全力以赴參與競爭，希望能在這場廣告戰中獲勝，贏得新客戶。

我見證了很多這樣的廣告戰。一家廣告公司失去了主要客戶，便會漸漸陷入困境。贏得大客戶的便會風生水起，擴大規模，招攬人才。這個行業現實而波動，沒有永遠的一帆風順。

人在變，世界也在變，但優秀的企業總是堅守着一個不變的原則，即信守對客戶的承諾。這也是我最重要的信念和堅持：答應客戶的事情一定要做到，若無十足把握，我寧可不做。我沒有一直擴大公司規模，我希望照顧好每一個客戶，將每個項目做到極致。

買廣告，有黃金時間；賣廣告的人，何嘗沒有黃金時間呢？黃金之年，一個人的設計靈感就像蓄滿了水的龍頭，龍頭一打開靈感就源源不絕地湧出。可是，創作之泉亦有枯竭之日。年華逝去，必然無法再來。但樂觀點來看，我們得到了無數寶貴的經驗和故事，這些是人生道途上無人能奪的。人，需要學會隨遇而安。

廣告業被形容為一個榨汁機。廣告永遠趕時、超時，每一個創作都有一個不可能的限期，需要把二十四小時變成三十小時超時利用，令每個從業員在工作中體能透支。

對於一個需要照顧母親、弟妹和獨力撫養兩名女兒的單親母親來說，這是極具挑戰性的。這段創業期，我每天都在與時間競賽，午餐基本只花十多分鐘速食，晚上也是直到一天的精力徹底淨盡才肯休息。

香港是個開放的地方，但依然是男性主導的社會。女性想在職場取得更大的成就，往往需要付出比男性更多的代價。為了我的事業，我也犧牲了很多，但我認為這是值得的。在人生旅途中，若能找到價值，還有甚麼好遺憾呢？

母女情深

當我夜以繼日地工作時，我也盡最大的努力兼顧家庭。

我很感恩母親白天能在家幫忙照顧女兒們。母親是一個通情達理的人，她了解我在外工作的壓力，從不向我提及家裏的瑣事，全力為我排憂解難。只有涉及女兒、弟妹的未來或家中大事，她才會跟我商量。這節省了我很多時間和精力，讓我能全力投入工作。

耀泉亦有兩個女兒，還常常帶她們和我的女兒一同玩耍。這些年來，弟弟對我的女兒疼愛有加，儼如兩人的父親，彌補了她們失去了的父愛。

離婚後，我再也沒有愛情生活，也不打算輕易投入感情。我似乎習慣了自己賺錢、自己花錢，做自己喜歡的事。充實的生活讓我在精神上無所欠缺，也就無所謂的孤身、孤獨或孤單了。若說我在情感上沒有任何需求，那肯定是假的。但為何女性的感情必須寄託在男性身上呢？我選擇將感情投放在我的事業和女兒身上。兩個女兒，是我的責任，也是最值得我愛的人。

對於兩個女兒的教育，我的目標是培養她們三個「自」：自信、自立和自強。我希望兩人在身心上都能獨立成長，因為我無法陪伴她們一輩子。

我很重視體育鍛煉。每逢星期天，我都會陪女兒們游泳、爬山、跑步、打籃球，務求她們樣樣皆能。我亦會與她們一同訂立目標及創造好玩的心態，讓她們從心底熱愛運動。

我也很重視女兒的藝術培養。有時我會思索自己的藝術天賦從何而來。我從母親一流的手工藝及父親的象牙工藝大概得到一些遺傳，在藝術上有一點天賦，幼年時期就能拿起畫筆隨意畫出所見的事物。但如果沒有周公理老師後天的培養，我絕對無法達到現在的水準。因此，我特別注重女兒在藝術方面的薰陶。除了親自教她們編織、刺繡、貼珠、蠟染等手工藝，我也從小安排她們學習繪畫、彈琴、跳芭蕾舞。

讓兩人學習芭蕾舞之前，我帶她們觀看了多次舞蹈表演。看到舞台上舞者穿着白色紗裙輕盈起舞，女兒們讚歎地說：「舞台上的白天鵝好美。」然後主動問我可否學跳芭蕾舞。我知道，無論是運動還是藝術，最重要的是激發她們的興趣。強迫學習只會事與願違。

除了興趣，因材施教也很重要。我發現大女兒耳朵靈敏，音樂細胞好，懂得沉入意境，但對畫畫有些吃力。而二女兒則對形態和色彩較為敏銳，拿起畫筆更得心應手。在基礎訓練完成後，我就開始讓她們自由選擇自己喜歡和擅長的興趣來發展。

以前學習畫畫時，母親會花錢買鏡框給我。當我看到自己的畫作被裝上鏡框時，那份快樂至今仍歷歷在目，這也讓我明白父母無形的鼓勵是多麼重要。我竭盡所能地鼓勵和引導女兒，讓她們由衷地愛上藝術，而不是為了完成母親的「任務」。其實培養女兒藝術修養的目的，不僅是讓她們學會欣賞美好事物，更是為了培養她們的性情。「靜能生定，定能生慧」，這是我深刻的體悟。

經過這些年的訓練，女兒們十多歲到英國寄宿時，果然適應能力很強，特別能吃苦。騎馬、游泳、打球，甚麼都難不倒她們。有哪些需要徵求家長同意方可參加的活動時，女兒們會笑着告訴老師：「不用問了，我的母親一定支持。」

除了體智的訓練，我也很重視與女兒的溝通。我發現，父母可通過兒女的藝術作品透視她們的心聲。有一年，我擔任學生繪畫比賽的評審，比賽的題目是「我的家庭」。一幅得獎的作品中，母親的頭像特別突出，還戴上銀鏈和首飾，自己和父親則在畫的角落裏。後來與學生交流後得知，母親在家裏「話晒事」，是一位強勢的女性。這幅畫，難道不是真實地描繪了孩子的心聲嗎？通過女兒的畫作，我也經常能夠更好地理解她們的想法。

當然，與孩子多交流是了解她們內心想法的最直接方式。可惜，我每天工作到很晚，大部分時候是晚上十點才回家，女兒們已經入睡。她們有甚麼想法，就會寫在一張紙上放在我的床頭。我每晚睡前都會非常認真地閱讀，如果有甚麼重要的事情，我會盡快處理。

我跟兩個女兒說，我們在這個家庭職責分明。你背上書包，就該努力讀書；我提着公事包，就該努力賺錢。

我視她們為朋友，凡事都會一起商量，盡量尊重兩人的想法，避免否定，更不會傷害她們的自尊心。孩子的成長環境與我們的時代不同。作為父母，好應該不斷反思自己的教育方式是否得當，並體諒下一代也有她們的難處。

我堅信，愛與尊重，是建立良好親子關係的最關鍵要素。

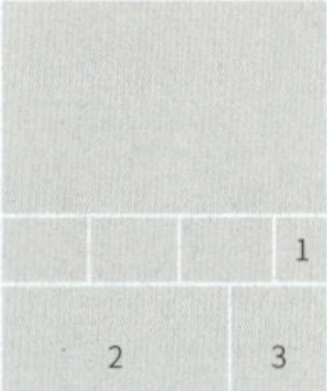

1 樂詩的合作伙伴史允信（Michael Stevenson）

2 樂詩創立的龐元廣告設計公司（AdAsia）團隊

3 這是樂詩義務為香港聾人福利促進會作的設計，圖中女孩是樂詩的女兒

4 龐元廣告設計公司的商標

5 女兒的畢業照，攝於英國皇家阿爾伯特音樂廳（Royal Albert Hall）前

第 9 章

(CHAPTER NINE)

環遊世界

國泰航空

我公司的生意漸漸步入正軌，客戶接踵而至。就在這時，彼得向我介紹了一位出版界的名人——加雷斯 · 鮑爾（Gareth Powell）。我認識加雷斯時，他年僅四十歲，但已有一頭花白的金髮。

加雷斯是一位自由作家，同時經營一家獨立的出版公司。他思維敏捷，寫作速度驚人，在二十一歲就進入英國出版界，被行內公認為最聰穎的人，擁有極高的智商，並且自信幽默。加雷斯十分平易近人，和他共事輕鬆愉快。他不像一位老闆，非常關心員工，有空就會走進辦公室與大家聊天，了解眾人的近況和需求。

最初，加雷斯的公司並未在香港設立辦事處，每次他來港都只是為了開會和處理事務，停留幾天便匆忙返英。然而，隨着在港業務的擴展，他成功開拓了這地的出版市場。由於加雷斯沒有帶美術編輯同行，他把香港所有的圖書出版業務都交由我來設計、製作和印刷。我的公司成了他的美術部。

除了香港，加雷斯偶爾也會邀請我到英國幫他進行短期的圖書出版設計工作。有一年，他在英國製作了一本有關帆船歷史的書籍，並準備在法蘭克福書展上推廣這本新書。加雷斯讓我利用這個機會去了解別人的設計，特地為我訂了去德國的機票。

法蘭克福書展是全球最大的書展之一，要參觀完所有展區，需要整整兩天。身處如此浩瀚的書海中，我被這場盛會的規模大大震撼。各國的設計無論在構思、創意、色彩和裝幀都極為精緻。看見德國優秀的印刷技術，讓我發現香港與世界的印刷水準仍有很大的差距。這一次書展令我大開眼界，開啟了嶄新的知識之門。

加雷斯是我在出版領域的啟蒙者。起初，我對出版業並不了解，畢竟平面設計與出版行業截然不同。題材、文字、攝影、製作、印刷、發行等各個方面都蘊含着深奧的學問。加雷斯一直耐心地指導我，讓我很快便掌握到出版業的精髓。我非常感謝他的賞識，也感恩能遇到一位如此優秀的學習榜樣，這對我的個人成長有莫大幫助。

他在雜誌出版方面也有豐富經驗和獨到見解。他告訴我，拿起一本雜誌，會先看封面的設計，注意名稱與主題、字體的結構、色彩的選擇和封面的圖片；之後他才會翻閱內容，觀察排版、廣告、整體設計和印刷方式，以估計成本，並判斷廣告收入是否足夠。我很喜歡聽他分享有關雜誌出版的事，因為我對雜誌工作一直很感興趣，只是沒有機會涉獵。

1973 年，加雷斯匆忙約我去 Godown 餐廳[14]吃飯，說要跟我談一件重要的事情。當我抵達餐廳時，在門口已看到他坐在餐廳角落向我揮手。一見到我，他就表現得很激動。

「我不知道該從何說起——」他猶豫。

「那就慢慢說。」

「國泰航空目前面臨一個問題。他們計劃重新開辦由香港直飛悉尼的航班，但機上卻沒有任何娛樂設施。現在他們迫切需要解決的事務，是讓長途乘客在用餐前後有些事情可做。」

「那，所以呢？」我問。

他向前傾身，「你聽過泛美航空的機上雜誌《Clipper》嗎？」

我點點頭說：「當然，這很有名呀。」

14　香港著名的老牌餐廳 Godown bar and restaurant，曾是城中外籍人士聚集的「潮流據點」，也是品味美食的場所，見證了數十年的社交風華，但已於九十年代結束營業。

「國泰經營近三十年，但在航班上卻從來沒有一本可讓乘客隨意翻閱的雜誌。」

聽到這裏，我好像猜到葫蘆裏賣的是甚麼藥了：「你想替他們做一本機上雜誌？」

「是香港第一本機上雜誌，而我需要一個設計師肩負起這個重任。你是最適合的人選。」

我雖然設計過許多不同的宣傳品，但從未涉獵過旅遊雜誌。能夠辦香港第一本航空雜誌有着特別的吸引力，我並沒有考慮太多，便答應了他。

「國泰打算何時開始？」

加雷斯摸了摸頭，「其實呢⋯⋯我還未跟國泰談，我正計劃游說他們採納這個想法。」

「那⋯⋯你計劃怎麼說服他們？」我有些疑惑。

「這就是需要你的地方。我希望你做一份設計圖，讓我拿去給國泰的管理層匯報。」

加雷斯向我坦白，即使國泰採納了他的建議，也不一定委任我們擔任設計師，畢竟這份工作的競爭者肯定很多。

我說：「你不用擔心，交給我吧。」對於任何我感興趣的工作，我都會全力以赴，盡最大的努力把項目爭取下來。

回到辦公室後，我馬上着手思考雜誌的設計方針。旅遊雜誌的難點主要圍繞設計、圖片和內容三方面。

設計方面，我決定不使用十六開直印，而是選擇了小號的十六開橫印方式。這樣一來，不僅更方便放置圖片，還能為航空公司留出空間來賣廣告。左側三分之二的版面可用於排版文字，右側三分之一的版面則可放置廣告。設計是我的強項，相對容易處理，但圖片和內容卻是一大挑戰。

旅遊雜誌需要大量圖片，而那時還沒到數碼化的年代，商業照片必須向攝影師購買。此外，雜誌還需要大量高品質的文稿和素材，才能喚起讀者的興趣。我突然有一個想法，旅遊雜誌把設計、攝影和旅行集於一身，正可以將我的專長和愛好全面發揮，何必假手於人呢？若果有幸獲得這份工作，我決定親自撰文、設計及拍攝。

我連夜趕工，第二天早上已經將計劃書、設計草圖和幾十頁的雜誌模板送到加雷斯的辦公室。他看過後非常滿意，基本上沒有甚麼意見。

幾天後，加雷斯在中午時分攜着我的設計到國泰航空總部進行匯報。整個午後我都心神恍惚，在辦公室等待他的電話。下午五點，終於等到了電話，我拿起話筒，一聽到他的聲音就知道成功了：「快來 Godown 餐廳跟我慶祝！」

這天，加雷斯正式獲委任主理香港首本航機雜誌的出版。

更讓我意想不到的是，作為雜誌的設計師和編輯，我獲得國泰航空贊助我飛往世界各地的機票，以親自前往不同國家進行拍攝和記錄，為雜誌取得第一手素材。在七十年代，莫論坐飛機，去一趟啟德機場已值得炫耀一番。

雜誌被命名為《DISCOVERY》，這也象徵着我個人的探索之旅。剛踏入三十一歲的我，終於能夠展開環遊世界的夢想，追逐着我的青年夢。

雲遊四海

從歐亞歷史古蹟到美洲人文景觀，從非洲動物大遷徙到紐澳大自然風光，幾年間我的足跡遍佈世界七大洲、五大洋，一共九十多個國家和地區。

每到一個國家，我都會努力了解它的歷史，欣賞它的建築，感受它的文化，融入它的生活。

我牢記周公理老師的教誨，每到一個城市都必定拜訪當地的博物館。從法國的羅浮宮、英國的大英博物館到意大利的烏菲茲美術館，我走訪了世界各大知名博物館。許多名畫曾是我臨摹過的，看到真跡的一刻，內心是何等激動。

我不願花時間在購物，或者跋涉遠途去追尋一家好評的餐廳。我更享受在清晨漫遊於當地的市中心和菜市場，在週末欣賞跳蚤市場的古董與藝術品，或觀看多姿多彩的街頭表演。對我而言，這樣才能真切地感受到當地文化風情的獨特韻味。

無論身在何處，我的相機從不離身。記得十六歲時，我渴望擁有一部屬於自己的相機。當時我擔任家庭教師，將每月的報酬儲存下來。我不知在攝影器材公司櫥窗前走了多少遍，一年後，終於湊齊了買下我生平第一部相機所需的錢。那是一部盒形的雙鏡反光機，使用 120 菲林，共十二張膠片。班上許多女同學對拍照十分癡狂，經常請求我為她們拍照。假日時，我會獨自帶着相機，遊走香港的郊區，捕捉那盛開的花朵、蔚藍的大海和寧靜的村莊。我最喜歡躺在翠綠的草地上，幻想着將來某天能帶着相機周遊天下，記錄下每段旅程和光影。二十多年過去了，我終於實現了童年的夢想，透過鏡頭拍下世界的美好。這些照片不僅是我的旅行日誌，也是我青春歲月的印記。

旅行期間，我始終不忘工作。我可以走一天的路，無需進食，把我覺得有趣的人和事都記載下來。有時在某個花園遇見當地的居民，我會停下來跟他們交談。這些對話往往成為雜誌最寶貴的素材。

有一年我到訪紐約的唐人街。那裏的廣東舊式騎樓經過了一個世紀，仍然保持原貌。高高懸掛的招牌上寫着「唐山」，看起來就像一座中國小鎮搬遷至美國。騎樓下的行人均來自唐山，代代相傳，鄉音無改，膚色不變。唐人街居住着十萬台山人，當中不少已定居美國三至五代以上，大部分都未曾回到故鄉。但許多同鄉會所讓老華僑團結一心，互相幫助。老華僑們對我十分熱情，個個內心默念着：「君自故鄉來，應知故鄉事。來日綺窗前，寒梅着花未。」[15] 他們的盛情招待，讓異鄉的親切之感湧上心田。

第一代華人在美國垂頭喪氣，遭受異域的冷眼。他們淘金、開鐵路，嘗盡無數艱辛。一個老華僑嘆道：「為甚麼中國人到外國不能拿起筆桿，卻要拿起鍋鏟？」經過幾十年的努力，才成就了今天。如今即使已在美國立足，拿着美國護照，他們依然難忘故鄉情，向我詢問着無數故鄉事。和這些鄉親交談過後，他們的面容充滿了感慨。另一個老華僑告訴我，他老家在台山，結婚後移居美國，撐過種種困難後總算在美國安身立命，可以寄錢回家。妻子在故鄉等待數十年，終於等到他衣錦還鄉，但那時已經物是人非。在訴說淒涼經歷後，他又突然用濃厚的台山鄉音說道：「都過去了，現在日子好多了，值得慶賀和欣慰！」這群唐人在國外付出了辛勞，融入當地社會，但仍舊懷着濃厚

15 出自盛唐時期詩人王維的作品《雜詩三首・其二》。

的愛國情懷。

這些年旅遊的所見所聞，讓我的目光變得更廣闊。世界之大，有太多值得我們追求的事。年輕人本該往外闖蕩，放眼世界。

背囊 · 睡袋 · 遊世界

在七十年代，人們出國旅遊通常會參加旅行團。當時資訊不流通，籌劃行程相當麻煩。不參加旅行團的人，又會因找不到旅伴而放棄出遊的念頭。

遊歷世界後，我希望推廣「自助遊」的風氣。在香港，我舉辦了一個攝影展，名為「背囊 · 睡袋 · 遊世界」。

我想告訴年輕人，環遊世界並非想像中那般遙不可及。背上背囊和睡袋，走在大地上，這種體驗是截然不同的。獨自踏上旅途，見你想見的人、看你想看的風光，這樣的體驗不是很美好嗎？孤獨是一種最奢侈的享受。

沒有足夠的錢？也不成問題。吃用可以很節儉，住宿可以選擇最便宜的青年旅舍，省下的錢足夠買一張歐洲火車通行證。旅行在於體驗，不是觀光。一個人帶着背囊以最少的金錢環遊世界，能夠學到很多，而這樣的經歷將為未來帶來預想不到的啟發。雖然我在環遊世界之際已有一定經濟能力，但我還是喜歡節約的旅遊方式，吃的是平民食物，穿的是普通衣着，晚上還是入住青年旅舍。我也會隨身攜帶睡袋，以備不時之需。有一年在意大利的佛羅倫斯，我訂不到青年旅舍。惆悵之際，我看到幾個外國青年，在街頭的水喉前洗臉。我走過去跟他們聊天，發現他們同樣找不到青年旅舍，準備在街上露宿一宵。我總算找到了同伴，把睡袋放在他們旁邊。一個女生在歐洲街頭過夜的確有些危險，但我一頭短髮，不化妝，穿着舊牛仔褲，看起來與男性無異。睡覺時，我緊緊地用睡袋包裹身體，只露出一個頭，根本不怕有人來侵襲。

不住酒店，但不妨進去感受一下氣氛。一些城市的大酒店擁有數百年歷史，服務和招待一流，值得一遊。我隨身帶着一套正裝，這樣我就可以進出高級場所。我最喜歡坐在酒店大堂，觀察室內的裝潢、服務員的招待以及當地的紳士淑女互動。這套正裝不僅能讓我去高檔場合，也有其他用途。有一次，我打算從香港飛往紐約。由於是後補機票，國泰通常會給我安排普通艙。當我在日本成田轉機時，櫃檯服務員告訴我普通艙已滿，只能安排我坐頭等艙，我當然欣然接受。就在登機前一刻，一位服務員走過來說：「小姐，抱歉，我們的頭等艙規定不允許穿牛仔褲。」他也知道未免有點為難我，但我突然想起西褲就放在背包裏，我於是馬上換掉，坐上飛往紐約的頭等艙。

來到紐約的 Sunday market，我看到一個中國男子在街上賣中國畫。街上熙來攘往，卻沒有人停下來。我靈機一動，走過去跟他說：「不如讓我加入你的攤位，我可即席揮毫，賺到錢我們一人一半分。」沒想到那人居然同意了。

我心想，完成一幅油畫需時太長，而人像畫又易於出錯。以街頭賣畫來說，相對於人像畫，水墨畫簡單得多。既可以快速完成，成本亦低。我馬上拿出紙和筆，短時間內畫好了幾幅中國花卉山水畫，攤在地上展示。在七十年代的紐約街頭，一位華人即席寫水墨畫是一件非常新奇的事情，我一下子吸引了大批路人前來觀賞。我的畫每張售十美元，也可額外付費讓我為他們畫特定的山水或者花鳥。如此一來，我就賺到了紐約旅行的一點洗費。

很多人會擔心獨自旅行的安全。當然，我也遇到過一些突發情況。有一年我在南美智利南部拍照，拍完後我從隨身的小鏡子看到後面有幾個拿步槍的警察朝我走來，心知不妙。我被帶到附近的警局接受盤問。到了警局，他們給了我一杯水，但我不敢喝，怕水下了藥。原來我拍攝的建築是一座監獄，在當地拍監獄是違法的，要我交出所有的底片。我非常不情願，因為那天已經拍了很多照片，只有最後一兩張才拍到監獄。我解釋自己只是遊客，來自香港，而且香港有智利的大使館，我答應回到香港後會把最後幾張照片寄給他們。警察見我不具威脅，就放我走了。

還有一次，我在台灣旅遊，可能是因為我的打扮中性，穿着短靴和皮外套，被誤認為是「女間諜」。有人尾隨我好幾公里，後來發現我只是個普通的旅客，才鬆了口氣。

這些都只是因誤會引起的個別事件，只要保持冷靜，問題自然迎刃而解。環遊世界絕非男性的專利，對女性來說，自助旅行也沒有想像中那麼困難。只要了解自己的體能，意志堅定，膽大且心細，女性自助旅行同樣沒有問題。

我和兩個女兒有個約定，每隔幾年籌劃一個我們三人都沒去過的國家旅遊，地點由她們自由選擇。我告訴她們：「媽媽出錢，但你們必須親自計劃每天的行程和交通，我甚麼都不會管的。」讓孩子從小計劃行程是一個絕佳的鍛煉。我不會給過多的意見，只會提醒她們旅遊不是為了享受，而是追求學問。旅遊的時候，該有明確的目標，不能盲目到處空闖。我也會提前教她們怎麼坐飛機、看時間表和餐桌禮儀等必要技能。

女兒們總是興奮地討論旅遊地點，積極尋找資料和圖片。當我看到她們在出發前一晚那興奮的模樣，總會讓我想起父親帶我們幾兄弟姊妹去郊遊的前一晚，大家同樣滿懷期待。

她們下了飛機，就會高興地帶着我去買地鐵票，告訴我該搭哪條線到達酒店。晚上睡前，她們會「指示」我早上幾點起床，像一位小導遊般解釋明天的行程。許多人長大後都會忘記兒時父母帶他們旅行的片段。但我相信，女兒們現在仍然會記得，她們帶着母親在每個城市留下的足跡。

無論孩子來自多麼富有的家庭，他們的見識終究有限。而旅遊能夠啟迪他們的無限想像，開闊視野，讓他們對未知的未來懷有憧憬及嚮往。

1

1 樂詩揹上背囊遍遊世界

25 years ago

A LONG list of complaints against the two electricity supply companies was prepared by the directors of the Chinese Manufacturers' Association for presentation to the Electricity Inquiry Commission.

The complaints include:

- The companies use outdated generators and related machinery, resulting in high production costs.
- Industrial production adversely affected by frequent stoppages of supply and losses suffered as a result by manufacturers should be borne by the two companies.
- Industrial centres in the New Territories are overcharged — one-third above the ordinary rate.
- Bulk consumers with contracts with the two power companies are charged between seven and nine cents per unit, indicating that cost of production cannot be more than seven cents per unit, compared with the charge to

Go travelling, all you girls!

By VIRGINIA CHI

Young Hongkong women can travel cheaply around the world — if they are willing to carry knapsacks and sleeping bags with them.

Western youngsters have been travelling this way from just after World War II. And although boys from the Far East have joined the knapsack brigade, few girls have.

It is time Hongkong girls tried it, says Rebecca Lee, an art director and publisher of two travel magazines that are distributed exclusively to passenger ships sailing to China.

She has been travelling — when time permitted — with knapsack and sleeping bag for the past 10 years and has visited many parts of Europe, China, North and South America, the Middle East and the Silk Road.

The fruits of her travels are a much broader outlook on life and a big collection of photographs and slides.

Apart from serving as a record, they have proved useful to her in her work.

Rebecca Lee — the harvest of her travels is a broader mind and a big collection of photographs and slides.

hotel, or at least better dressed than the bell boy who takes you to your room," she said.

them when they return, not only in their careers, but also in many other aspects of life," she said.

Women of this age are bet-

that will keep the individual in good stead for the rest of her life.

When travelling on the cheap, every cent and every

"But young women in Hongkong are now more open-minded and better educated. Though many of them are eager to travel, their plans are often not fulfilled," she said.

All they need is a push and this is what Rebecca aims to do.

She has the zeal of a missionary — relating her experiences, showing photos, and conducting travel courses.

She has been encouraged by the response. Many young women have questioned her about travelling and others have called to say goodbye before embarking on a journey that her stories have inspired.

The type of travel she advocates is catered for by many organisations around the world. There are special cheap facilities available to the knapsack traveller these days.

She says she prefers travelling alone because she finds it easier that way.

"I do not have to consider the interests of my companions and I can just get up and go whenever and wherever I

1《南華早報》於 1984 年 8 月 18 日，刊載有關樂詩的採訪

第10章 (CHAPTER TEN)

大江南北

海珠彩路

十年後，隨着國泰航空《DISCOVERY》出版主編工作的易手，我多了些時間及精力。除了醉心於藝術和設計外，此刻的我更熱衷於攝影和寫作。

1978年，中國內地改革開放。同年，從香港開往廣州黃埔的飛翔船首航，成為兩地人民的喜訊。通航之初，許多香港人對內地旅遊有濃厚興趣，奈何對旅遊景點、住宿交通概況所知不多。與此同時，內地人對香港及世界亦充滿了求知慾。

一個念頭閃過我的腦海：「我何不創辦一本與中國內地有關的雜誌呢？」

我馬上接洽負責營運飛翔船的香港油蔴地小輪船公司，提出一起創辦全中國第一本海上雜誌的邀請，供旅客在飛翔船上免費閱讀。該雜誌的目標是成為兩地人民之間的橋樑，一方面讓香港人了解內地，另一方面讓內地同胞了解香港以至世界。

我約了油蔴地小輪船公司老闆劉定中，在他中環碼頭的辦公室進行會談。

一坐下，我便將一本雜誌《DISCOVERY》遞給他：「這是我為國泰編輯的雜誌，我想為你們的飛翔船創辦一本海上雜誌。」

原來他們的高層早已聽聞過我在廣告界和旅遊界的事跡，對我相當欣賞，但劉先生就這個想法保留着一些疑慮。了解之後，我發現他最大的疑慮是資金問題。

「我可以出錢，廣告我也會找，你們不用負擔責任。」我直截了當地說。

對於這樣的條件，他幾乎沒有拒絕的理由，很快便答應了。這本雜誌從攝影、創作到設計，又是由我一手包辦。

中國內地，成為我七十年代環遊世界的最後一站。我聯繫了中國旅行社，開始展開這片大陸的旅遊。我坐着火車從南到北，眺望江南坦蕩蕩的平原；我踏上船隻的甲板上，遠眺各個沿海港口；我步行在絲綢之路的浩瀚沙漠，踏足內蒙古廣袤的大草原，又登上西藏高原感受壯麗的山川。短短數年內，我遍歷了大江南北，成為最早遊歷絲綢之路的一批香港人，拍攝了一系列照片。看遍世界後，我才發現，沒有一處風光能夠媲美中國名山大川的雄偉。

雜誌以「海珠」為名，象徵着「香港是海上的明珠」。我在香港的珍寶海鮮舫[16]拍下了船上的海龍皇金龍，將其用作首期封面，在飛翔船的首航日發行。

《海珠》不僅介紹了中國的名勝古蹟和各大省市，還包括不同的旅遊路線，例如華東線、華中線、華北線、華南線和文化線，以及像廣州、南湖和佛山三日遊等較短的路線。雜誌內容還包含地圖、交通工具、住宿推薦等信息。

在內地旅遊時，我特意入住不同的酒店和賓館，選擇我認為質量高的住宿在雜誌上介紹。一些高級酒店，如當年的白雲酒店、南湖酒店和華僑酒店，他們的經理知道我的背景，還邀請我為酒店員工安排講座，分享酒店管理的知識。雜誌出版後，我也會寄給他們以作紀念。當看到自己工作的酒店出現在雜誌中，酒店員工們既開心又自豪。

除了港澳飛翔船，後來《海珠》雜誌還在「上海號」、「海興號」、「集美號」、「鼓浪嶼號」、「鼎湖號」等船隻上免費發行。這本

16 珍寶海鮮舫是香港擁有四十多年歷史的標誌性水上餐廳，2020 年因疫情結業。於 2022 年駛離香港前往東南亞途中在西沙群島水域不幸沉沒，永遠告別香港。

雜誌成為了第一本揭開內地神秘面紗的旅遊雜誌。從《海珠》開始，香港人逐步開始探索自己家鄉的風情。這本自資出版的雙月刊也成為了第一本進入內地的旅遊雜誌，內容不受任何審查就能直接上船。

我沒想到的是，《海珠》更成為了現代中國旅遊指南的典範。

我在內地拍攝的照片不僅展示在雜誌裏，還先後在美國、加拿大和英國等地展出。我向中國介紹世界，同時也向世界介紹中國。

出版雜誌其實並非一個如意算盤。雜誌由香港油蔴地小輪船公司提供有限的廣告費，其餘費用均由我自己負擔。雜誌面對的經濟壓力很大，長期虧損是持續的現象。為了《海珠》，我不得不長時間在內地工作，在寒風中趕路，烈日下訪問，高山裏拍攝。儘管如此，我辦雜誌從不以盈利爲目標，而是希望將內地的美景通過攝影、設計和印刷技術呈現給讀者。有了這個目標，多辛苦我也堅持辦下去。

完成《海珠》雜誌後，我陸續為長江、上海、廣州等不同城市及地區出版設計旅遊刊物，同時創立了專門在直通車上傳閱的陸上雜誌。雜誌取名為《彩路》，象徵着中國大地就如一條多彩的彩虹之路。

講學生涯

從 1978 年到 1980 年，我開始在中國內地的講學。每月至少北上一兩次，前往上海大學、上海政法大學、北京大學和武漢大學等高等學府，進行以「背囊 · 睡袋 · 遊世界」為題的演講，累積了超過兩三百次的講學經驗。除了高等學府，我也回到了家鄉三水和在廣東省的學校作巡迴演講。作為一位設計師、攝影師和旅遊者，我向內地年輕人分享自己在世界各地的所見所聞，鼓勵他們擴展國際視野，了解世界。課堂上從來座無虛席，讓我深切感受到內地年輕人對了解世界的熱切渴求。

同學們的問題五花八門——

「我不會講英語怎麼辦？」

「年輕人不懂甚麼，就學甚麼。第一次去台灣的時候，我只會說『謝謝』和『再見』兩句話，現在我能站在這裏用普通話給大家講課。」

「環遊世界該從哪個國家開始？」

「千里之行，始於足下。從中國出發，先了解自己的祖國，再探索整個世界。」

「你在外國旅遊時會被人欺負嗎？」

「國外的人都認識李小龍。我也姓李，雖然只學過幾個太極招式，但只要稍微展現一點功夫，盡量動作快一些，他們就不敢小覷我這位中國女漢子了。」台下一陣哄堂大笑。

「我不姓李，那怎麼辦？」

「無論你姓甚麼，只要是中國人，就不怕被欺負。到了國外，不要自卑，但也不要驕傲。不卑不亢，這是中國優良的傳統文化。」

中國內地旅遊推手

當我看見祖國那磅礴山河的壯麗風光時，內心湧現一股強烈的渴望，希望能夠成為中國內地旅遊業的推手，向世人展現國家的錦繡江山。

我當時立下了承諾，凡是與內地有關的設計，絕不索取任何報酬，視此為我對祖國的一份使命。只要能夠促進國家發展，那就是我最大的回報。

1980 年，我從上海的一家雜誌社取得中國首張記者證，可以自由報道中國旅遊的消息。我所出版的雜誌無需經過審查即可發行。

當時，中國旅行社在內地是最出色的旅行社之一。我免費贈送旅遊雜誌給中國旅行社，還為其設計了「星旅」標誌和廣受歡迎的口號「中旅之星，信心保證」。後來，馬志民先生被調任為香港中旅社總經理，正打算為「中國遊」大展拳腳。作為前軍人，當時他未出過國門，於是邀請我代為出謀獻策。我周遊世界的經歷，在中國旅行社的發展中正正大派用場。

馬先生約我到中國旅行社在中環石板街旁的總部開會。一進會議室，我發現長桌兩旁已坐滿了中國旅行社最高級的領導，只有我一個外人。

1980 年，中央政府批准成立深圳特區，建設深圳成為首要任務。大家想我提議一些能夠在深圳開發的景點。

我向大家介紹我在荷蘭的見聞，建議在深圳特區建造一個類似荷蘭「小人國」的微型景區，讓遊客置身微縮的世界，欣賞當地著名風景。在座的領導都表現出極大的興趣。

在此次會議後，我與馬先生多番交流。我用奇趣的經歷進行講述，又游說他到國外實地考察。當他在荷蘭馬林洛丹的「小人國」看到微縮景觀如何完美展現荷蘭的名勝時，他深深地體會到我之前所說的：將中華五千年文明史和豐富的旅遊資源凝聚在一個園區，讓遊客在短時間內領略中華民族的博大精深。於是，深圳的「錦繡中華」就此落成。

我又想到，內地同胞渴望了解世界，卻鮮有機會出國旅遊。我構想了一個世界微縮景區旅遊點的概念，按照世界地域劃分不同區域，展示全球著名景點，讓國民無需出國，也能放眼世界。深圳的「世界之窗」由此誕生。

然而，景點雖有，但仍有一些根本問題需要解決，就是整體服務行業專業水平不足。當時旅遊接待在中國內地是新興行業，對服務員還沒有正規的系統化培訓。大城市的火車站總是擠滿人潮，列車員不時對乘客喊叫和催促。在景區裏，服務員的服飾、妝容、態度和站姿都和世界著名樂園相距甚遠。服務員招待不周，自然會影響遊客的體驗和整體形象。

除了服務員，中國內地導遊的專業水平也較低。我在日本旅遊時就發現日本的導遊非常專業，穿着統一的制服，用規定的手勢來指示方向。

為了讓內地的旅遊業也能快速發展，我極力推動在深圳開辦一所旅遊學校，培訓專業人才，以求追上國際水平。深圳第一所旅遊培訓學校即因此建立。

住宿也是一個重要的環節。早在 1969 年，我在澳洲旅行時就發現許多外國自助旅客都喜歡住在價格親民的青年旅舍。外國旅客並不都是有錢人，未必能負擔住星級酒店。倘若我們只有奢華的大酒店，就無法迎合其他像我一樣喜歡背包旅行的人。

青年旅舍對於年輕遊客來說，實在是恩物。我首先將這個概念帶回香港，積極推動成立有助青年放眼世界的青年旅舍，並為旅舍設計了標誌和宣傳刊物。後來，我想到中國內地也應該有一些青年旅社，不僅方便外國遊客，也讓本地年輕人有更多機會接觸外國人和外國文化。我再一次將這個想法帶給中國旅行社，內地第一間青年旅舍在北京是以問世。

推動旅遊業是推廣中國的第一步。除了中國壯麗的景觀，中國悠久的歷史和燦爛的文明同樣值得向世界展示。

1

1 樂詩環遊世界的最後一站——中國內地，在青藏高原、長白山天池、桂林、西藏絨布德寺、塔克拉瑪干沙漠、貴州等地均留下了足跡

2 3 4 5

2-5 樂詩出版了《海珠》、《彩路》等旅遊刊物

1 樂詩在中國內地舉辦講座

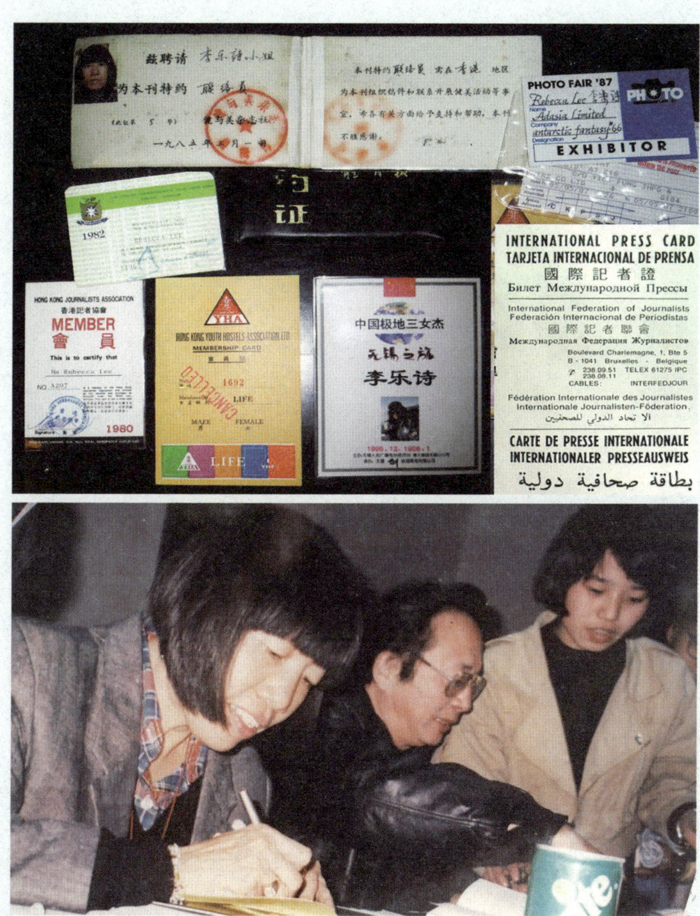

2 樂詩的記者證及其他證件

第 11 章
(CHAPTER ELEVEN)

電影夢工場

踏入電影界

從事廣告設計十餘年，我從未想過自己會踏入電影界。直到七十年代，我遇見了一位年輕的女生。

當時，香港幾間公關公司都是我的客戶。公司裏的新人都會來到我的美術部，了解廣告設計的工作流程和基本理論，例如草稿和正稿的區別、文字該用甚麼字體和大小等等。這位女生當時正在史允信的公關公司工作，前來我的公司認識廣告設計流程，我們漸漸變得熟悉。她，就是日後著名的電影人施南生。

1979 年初，我收到了施南生的一通電話：「樂詩，你有沒有興趣拍戲？有一套新戲在籌組，全女班，肯定好玩！」我猶豫了片刻，畢竟我在電影製作方面毫無經驗。想深一層，電影對我而言並不陌生，年輕時我就開始欣賞四十年代的上海電影，像是 1947 年在上海公映的《一江春水向東流》，以及民國時期著名女演員阮玲玉的佳作。電影一直讓我癡迷，因它對我而言是一門高深的造詣。電影融合了動態影像、音樂、美學、建築與形體，透過故事、思想與情感的傳遞，為觀眾帶來超越感官的真實體驗。平面藝術可謂我的專長，而我一直渴望涉獵立體藝術，因此我深信電影將為我開啟一扇新的藝術之門。我因此二話不說，答應了她。

這部「全女班」製作的電影，正是《撞到正》(1980)。組班前夕，施南生約了大家在半島酒店見面。還記得當時從台灣請來一個風水大師，批算這個全女班製作團隊是否投契，結果這組合不但八字匹配，更性情相投，一見如故。自此，我正式聯同施南生、導演許鞍華、主演蕭芳芳及編劇陳韻文，開展一段奇幻的電影旅程。

收到劇本後，我將自己鎖在房間，像欣賞大戲般一口氣看完了整個劇本。第一次看劇本時，一幕又一幕畫面在我的腦海中清晰浮現。《撞到正》是一部關於粵劇戲班在長洲鬧鬼的笑片。我年少時經常跟隨父親在戲院看粵劇，我最熟悉的是新馬師曾、何非凡和任劍輝，偏愛《光緒皇夜祭珍妃》、《客途秋恨》、《黑獄斷腸歌》及《火網梵宮十四年》等經典曲目。由於我自小浸淫在粵曲中，所以對這個題材駕輕就熟。

施南生來找我的時候，香港電影還沒有美術指導的職位，服裝、化妝、道具各組都是分開的。《撞到正》採用了大膽新穎的想法，由一名專責美術人員指導及統籌電影有關美學方面的設計，這包括服裝、化妝、大小道具及場景等的相互搭配，還有電影整體的視覺風格。我開始研究小生花旦及鬼魂的妝容，而且我一直鍾情粵劇戲服，故特意請教戲班中人，然後為角色設計電影中的服裝及髮飾。

許鞍華想對粵劇有深入的了解，我們便一起到長洲去看戲。除了觀摩戲台前的一舉一動，我們更走到戲棚後台，遊走於各人員當中，仔細學習戲棚空間裏的人和事，傾聽他們的對話，了解眾人的生活，感受戲棚裏蘊藏的生命力。大至《祭白虎》的破台儀式，細至衣服該怎麼掛，我們逐漸掌握了大戲的精髓。大戲演出結束後，我們請戲班保留場地讓我們拍攝，電影亦正式開機。

中國傳統戲曲，尤其是南劇及神功戲，都是奉行以戲解冤情。《撞到正》述說少爺仔的家人在故鄉曾以假藥害死一團軍隊和一名歌姬妓女，後來軍隊變成惡鬼，妓女變成艷鬼，也有小鬼貓屎，以戲班作為寄居地，孽債輾轉落在他身上。少爺仔外國歸來，回家看家人出資搭台演的大戲，按叔公旨意以結姻化解詛咒。電影講的是以戲解孽，無論是戲台上演出的，以及電影內的現實世界演繹的都是一場化冤戲。電影將千奇百怪的神鬼文化集於一身，頗有神鬼嘉年華的意味。

電影細緻描繪了戲班的傳統風俗和民間靈異禁忌，再利用離島古樸的漁村風貌，加上傳統神功戲，營造出獨特的詭異氛圍，暗道抗戰時期的三年零八個月。鄉土傳聞、常言道的「鬼食泥」、「鬼火咁正」的女艷鬼，加上燒衣紙的傳統，為黑暗神秘的電影加入戲劇感。

由於大家並非向錢看，只為將電影做好，因此對拍攝的各方面都要求嚴謹。這個全女班首次合作，卻恍如已合作多年那般投契，令拍攝過程甚為愉快。電影拍好後，我們先在午夜場試水溫。午夜場是了解觀眾真實反應的最佳時刻。我們坐在戲院後排，聽聽哪裏不夠冤，哪裏不夠逗趣，回到工作室再剪輯。

在以男性主導兼奉行師徒制度的香港電影工業中，許鞍華因大學教育與歐美留學背景成為一股清流。她當時已展現出女性創作者的敏銳觸覺，於香港電影新浪潮時期顯得十分出眾。許鞍華的聲音既長青又充滿力量，在香港乃至全球電影圈中都佔有重要席位。此外，從童星逐步成為影后的多才女演員蕭芳芳，也為電影增添了引人入勝的吸引力。電影被選入 1981 年柏林影展「電影大觀」（Panorama）單元，透過這個世界級的影展讓歐洲電影圈認識我們。

這部電影不僅讓我拿到了第一屆香港電影金像獎的美術指導獎項，也讓我收穫許鞍華、施南生、蕭芳芳、陳韻文及劉天蘭幾個陪伴我一生的摯友。

電影夢工場實在太吸引。繼《撞到正》後，八十年代我接了幾部電影，包括《兩小無猜》（1981）、《卒仔抽車》（1982）、《八両金》（1989）及《似水流年》（1984）的前期工作。由於拍攝一部電影至少需要半年，而公司的生意蒸蒸日上，我開始讓同事接手公司的廣告設計。我依舊會構思整體方向，但設計工作會交由同事落實，好讓我能將重心轉移電影。

八両金

對於許多事物，我都有明確的喜好，而電影也不例外。我不拍笑片、警匪片，也不拍古裝戲，因為我更喜歡較為現實的故事。文藝片是我較有把握的類型。八十年代參與的電影中，《八両金》對我影響最深。

《八両金》由羅啟銳編劇，張婉婷執導，張艾嘉和洪金寶主演，講述一名移居美國的華裔，在文化大革命後回到家鄉開平的故事。潮汕地區是廣東省當中將中國傳統保留得最好的區域，今天我們在美國以至世界各大唐人街所見的中國傳統建築物都以台山、潮州會館居多。這部電影選擇在潮州和開平取景，甚至將世界遺產碉樓拍進電影中。

劇本中的時代背景、人物和事件，我都非常熟悉。由於很早就開始遊歷中國，親身踏足大江南北，再加上設計《海珠》、《海上旅遊》等中國旅遊雜誌的經驗，充分了解當時的城市面貌、中國人民的生活水平和思想狀態。我旅遊時最愛觀察，將所見所聞一一映入眼簾：從蹲在街邊抽煙的男人、文革時期街道上的標語，以至市面沿用的風扇、縫紉機及手錶款式，全都成為了我的創作素材。過去我觀察到的所有畫面，皆能放到這部電影裏。我因此常鼓勵現在的年輕人要多觀察，旅遊時千萬不要只顧享樂，該張開眼睛多看多吸收。

雖然服裝、佈置及道具難不倒我，但是現實總有出乎意料之事。還記得電影中最重要的一幕是拍攝木棉樹開花，映襯洪金寶從金山衣錦還鄉的結局。我們看外景時一早已在開平物色了一棵開滿花的木棉樹，導演看見照片也非常滿意。不料到拍攝前一週木棉花散落一地，木棉樹光禿禿的，只剩下新芽枝幹。大家嘗試勸說導演放棄，但作為美術指導，首要任務是盡最大努力完成導演的要求。

我一早記錄了木棉花的顏色及樣貌，拿着樣本到處搜羅。後來，我在一家酒店看到服務台擺放着鮮艷橙紅的絹花鬱金香，只要將花瓣彎一彎，與木棉花倒有幾分相似。我了解到這花來自廣東江門，便馬上請道具組長去當地訂了數千朵花，亦在藥材店買了木棉花的連托作特寫用，又將花一朵一朵往木棉樹上黏貼，成功在拍攝前將木棉花回復「原貌」。不久之後，有一些攝影師聽聞還有木棉樹未落花，趕來拍攝，當發現這些其實是「假花」後，大感掃興，我們只好暗自發笑。

輝煌的九十年代

到了九十年代，我有幸參與了幾部時代之作——香港電影金像獎及台灣金馬獎得獎作品《滾滾紅塵》(1990) 的前期工作及《愛在別鄉的季節》(1990)，亦包括《兩屋一妻》(1992) 及《股瘋》(1994)。

有一年，導演嚴浩給我打來電話，說要在內地拍攝一部具有民族風格的電影，地點定在廣東省。他當時很少北上，希望我能為他介紹中國解放後的歷史和人文面貌。

我們在中環外國記者會碰面，他好奇地問：「哪一個城市有着最濃厚的文化特色和民俗風情？」

「潮州。」我幾乎不需要思索就回答了。

在南方城市中，潮州給我留下了最深刻的印象。它不僅是風景如畫的地方，更保存了許多中國傳統民俗和文化。我詳細向他介紹了潮州的歷史和當地的所見所聞。他聽得津津有味，渴望親身前往潮州。於是，我與他開展了一場文化之旅，細細品味潮州的歷史和風土民情。

我帶他親身體驗了渡口繁華的景象，讓他觀察到河口兩岸小販的買賣場景和行人的服飾和神態。下船後，我們在橫街窄巷中漫步，感受着潮州的風光。我們又走進了潮州人的「閒間」。潮州每個鄉村都有一個閒間，讓鄉里閒暇時在這裏聚集和聯誼。我們學習飲工夫茶，體驗潮州音樂和高胡等傳統樂器。我們也深入鄉間的街道和村落，了解農家人的生活，聽村民講述他們的家族歷史和日常生活中的大小事情。

當我走在崎嶇不平的泥路上時，突然想起一個真實的情景。

我乘坐的車子在潮州鄉村路上顛簸時，引擎突然熄火了。車上坐滿了歸鄉旅客，肩挑着大布袋，手攜着紅藍相間的尼龍袋。他們露出焦急的表情，抱着頭，用最地道的潮州話互相呼喊着。我雖聽不懂潮州話，卻感受到大家對故鄉親人的殷切期待與懷念。就在這時，突如其來的大雨落下，幾滴泥水濺到引擎上，車子竟然神奇地重新啟動了。回鄉的旅者熱烈拍起手來，更彼此相擁。這動人的畫面至今讓我歷歷在目。

嚴浩聽完深受感動，表示一定要將這個故事放在電影裏。

我們在路上走着走着，聊起電影的主題。我們談到兒時舊憶、鄉土情懷以及歸家旅人複雜的情感。那時他的電影連劇本也還沒有，但我們卻漸漸談起了電影的細節。我不知道的是，這些成為了電影《似水流年》最原始的素材。

後來，嚴浩又邀請我參與另一部深刻之作《滾滾紅塵》的前期籌備工作。我們前往東北勘景，體驗了哈爾濱的冬天，並在蕭紅的故鄉呼蘭購買了自傳體小說《呼蘭河傳》和成名作《生死場》，從她筆下更好地了解當地的人物和景物。我還為電影的角色做服裝設計，並在長春製片廠為林青霞帶了好幾套衣服回香港試穿。

《愛在別鄉的季節》這部講述海外移民在紐約艱苦生活的電影也讓我特別深刻。在美國拍電影是一個很特別的體驗。紐約的東南西北，去哪裏購物，哪裏逛博物館，我均瞭如指掌。電影中那輛五顏六色的車，正是由我和當地的助理美術指導親手噴畫。

《股瘋》這部講述舊上海的電影也讓我非常懷念。舊上海是我的熟悉地，從前看過的許多民國初期舊照片一直鮮明地烙印在腦海裏。這部中港合作片，可謂見證着時代的變遷與中國電影發展的里程碑。《股瘋》是我參與的最後一部電影，之後我開始將重心投入另一項更重要的使命。

美術指導

許多人問我，如何能夠成為一個成功的美術指導。我認為藝術基礎是首要的。電影美術是將故事融入場景的創作者，必須具備視覺美學的基礎，熟悉建築、攝影、光學等設計相關範疇。美術指導也必須明瞭怎樣將文字轉化為實體畫面，通過場景設定和視覺細節輔助故事的建立，讓觀眾感受到電影角色與環境的張力。

於我而言，最重要的還是審美眼光、對時代的了解和對人的觀察。好的電影美術必須懂得人、了解人，才能具備豐富的創造力。美術指導不僅是一個執行者，還需要有主觀思想，駕馭人物的表達，並具有應變能力以便流暢地操作計劃。掌握時空交錯是導演的工作，藝術審美則是美術指導的工作。

藝術生命

電影就像一場夢，讓你在夢境裏成為你想要的一切。但我也必須提醒新入行的年輕人，拍電影是時間和體力的大透支，收入和付出許多時候並不相稱。這一行靠的全是熱情和堅持。

十年創業，十年電影，雖然凡事有得必有失，但我享受過無限樂趣，因此無怨無悔。我深信，藝術生命是需要享受的。

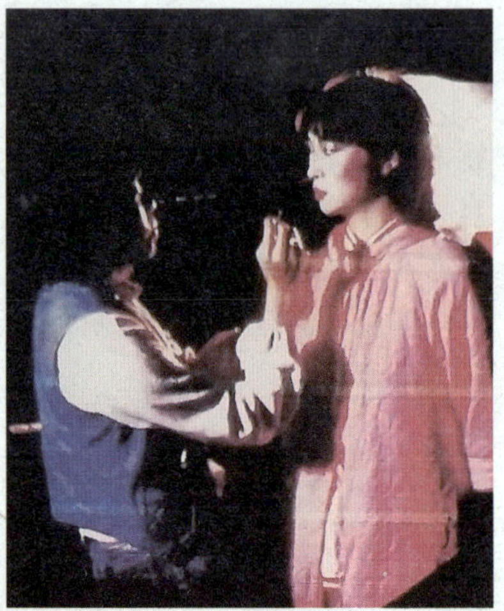

1 樂詩為電影《撞到正》演員設計髮型及妝容的速寫

2 樂詩替演員蕭芳芳化妝

3 電影《撞到正》劇照

4 樂詩擔任電影《滾滾紅塵》前期美術指導時，為角色設計服裝的圖樣

5 由樂詩擔任美術指導的電影《八両金》

6《滾滾紅塵》於台灣金馬獎連奪八獎，圖為 1990 年《明報》的報道

7 圖中右一為關錦鵬，右二為崔寶珠，中下為蕭芳芳，中上為劉天蘭，左二為許鞍華

第十二章
極地征途

第十三章
南極夢幻

第十四章
茫茫北極路

有生之年可以做到些有意義的事情，
縱使這會令自己的生命燃燒得快些，
也不要緊。

二十年

第12章 (CHAPTER TWELVE)

極地征途

全新航道

探索世界之旅，像是一場永不停歇的奏鳴曲，也如一幅無邊無際的畫卷，不斷展現新的篇章。

有時候，我們需要積極出擊，但命運之神偶爾會悄悄降臨在身邊。

1985 年的初夏，我接到一位好友的電話：「中國南極探險隊今年成功在南極建設長城站，計劃在香港籌辦中國首個南極考察展覽會。我們希望邀請您義務擔任設計展覽的總策劃。」

一聽到「南極」兩字，我的雙眼頓時發亮，那是一個陌生而充滿神秘感的地方。我從小就在書本中讀過許多探險家的故事，對那些不畏艱辛的探險家一直存有敬畏之情。

關於籌辦展覽，我卻有些保留。

錢，不是考慮的因素。對於公益及慈善活動，我很樂意不收分毫。我一向有做免費的設計，過去曾為婦女會及家計會等團體做設計，也義務為如香港十大傑出青年選舉等大型公益活動進行推廣工作。

我最大的考慮是時間。當時我忙得不可開交，除了應付公司大量的設計工作，還要兼顧電影美術指導的事務。而且，初夏是一個旅遊的好季節，我早已有遠行的計劃。

在猶豫之際，我被邀請到北京與中國南極隊隊員會面，商討展覽的事宜。這是我初次與南極考察委員會辦公室主任郭琨隊長見面。會議開始時，由郭琨隊長首先發言。他的開場白直截了當：「1983 年，我們第一次代表中國出席《南極條約》協商國會議，當會議討論到實質性內容，進入表決議程時，會議主席讓中國的代表暫退出會場，到場外喝咖啡。中國就因為在南極沒有建立科考站，所以不僅無權參與表決，甚至在表決時需要迴避。我們帶着侮辱離開了會場，告訴自己只有建站才對得起中國的人們和下一代，即使拼了命也要把站建好。苦的日子挨過去了，長城站已經建好了，現在只希望讓中國人都看得到我們的成果。」

此刻，我彷彿目睹國家南極隊員過去所經歷的艱辛與委屈。我二話不說，答應為中國極地考察隊承辦這次展覽。為了這口氣，我暗下決心，一定要把展覽做好，讓全國市民和學生了解中國科學的發展和科學家的辛勤付出。

整場展覽，我需要承擔多方面的工作，包括策劃展場、挑選圖片、設計宣傳刊物及標籤、印製場刊及畫冊等等。我決定親自負責這個項目，並取消了夏季遠行的計劃，全力投入展覽的籌劃工作。

在短短的一個月內，我多次往來香港和北京兩地，進行大量有關極地的資料搜尋。在這個過程中，我突然意識到，儘管我十多年來周遊世界，但一直忽略了地球底部那片神秘而廣袤的白茫茫土地。

1985 年 8 月初，南極考察展覽於香港大會堂舉行，在香港引起一陣轟動。雖然我沒有親身探訪過南極，但我仰賴搜尋得來的資料，像設計電影場景一樣，盡最大努力將現場設計得如同真實的南極。

籌劃是次展覽的過程讓我深深被南極那神秘的面紗吸引住。親身踏足這片土地，成為我最熾熱的追求。我得知國家正在組建第二次南極考察隊，在郭琨隊長離港前，大膽向他提出參與南極考察的請求：「我希望以攝影師的身份跟隨探險隊一同前往南極，為香港拍攝一輯教育圖片。」

郭琨隊長睜大眼睛上下打量着我，顯然在猜測我是否經得起極地的考驗。從外表看起來，我的體魄也是合乎標準的，這是我長期以來堅持鍛煉的成果。但畢竟我是一位女性，且是生活在繁華都市的女性。我道出南極的暴烈脾氣，以及連綿不絕的黑暗與寂寞，並堅定地表示我毫不懼怕一切艱辛。

他沒有答應，只承諾回北京後會跟領導討論，便匆匆離港。

朝思暮想

接下來的幾週裏，我好像患了單思病一般，每天都幻想着在冰天雪地與白雪仙女會面的畫面。離南極隊啟程的日子越來越近，我卻一直沒有收到任何消息，心裏甚是焦慮。我試圖透過工作轉移注意力，使內心平靜下來。

10 月初，我再也按捺不住，在赴北京工作時主動拜訪了南極辦公室。我與南極隊員重逢，彷彿見到老朋友一樣，很是親切。自從在香港的展覽合作以後，我跟大家已成為朋友。他們的豪爽磊落、刻苦耐勞，還有那股為科學獻身的偉大精神，令我十分敬佩。我們又把話題扯到南極的風光、海洋、冰川和生物，圍繞着極地無所不談。

談話之際，李副隊長突然走到我身旁：「阿樂，你的英文名字怎麼拼的？」我隨手拿了一張紙，寫着「Rebecca Lee」，還讀了一遍。寫完我才感到奇怪，問：「你為甚麼問我英文名字呢？」

他說：「買去南極的機票嘛。」

「甚麼？」我不敢相信自己的耳朵，重複問了好幾次。

他說：「你已獲得批准了，回到香港就會收到正式的邀請信。希望你能給我們拍些好照片回來。」

我興奮得跳了起來，彷彿要飄向天際，我的單思終於得到白雪仙女的回應。那一瞬間，我整個人猶如燈泡接通了電源，大放光明，周圍的隊員也替我感到高興。

走出大樓外，10 月的北京天氣雖然有點寒意，但我感到無比的溫暖。萬物像是向着我微笑，我的腳步仿似學過輕功一般，三步併兩步跳躍着。我沿着復興門大街走到長安街，就像走在一條幸福大道上。這天，我真正嘗到了何謂「心花怒放」。

集訓

出發前的這段時間，我首先要把公司事務安排妥當，因為此行將歷時三個月之久。女兒們有母親幫忙照料，我也很安心。

我同時積極地展開籌備工作，準備最先進的相機及拍攝器材，計劃好選拍的目標，務求完美地捕捉南極的風光、動植物的生態及科考隊員的精神。國家給我這次機會，讓我代表香港參加這光榮的任務，我必須竭盡所能，為中國南極考察作出貢獻。

出發前，我不敢告訴身邊的朋友，畢竟神秘的南極，曾經吞噬了多少探險者的生命。我心中的顧慮已經讓我忐忑不安，我不希望再聽到朋友們的擔憂或勸阻。我早已做好最壞的打算，就像一名即將上場作戰的軍人，作出為國家犧牲性命的準備。因此，我沒有多說，便悄悄地離港。

1985 年 11 月 1 日早上八時半，我拿着簡單的行李，到達北京工人體育場報到，開始進行為期十天的集訓。

隊員陸續抵達，他們大都是來自各省的科學家。在房間安頓好後，三十多個隊員隨即到大堂接受領導們的贈言及祝福，聆聽此行的任務。

第二天，天剛破曉，集訓便正式開始。全體隊員六點半準時在操場集合，在攝氏零下四、五度的天氣下晨跑，接着進行軍隊式的步操訓練。對於我這個南方人來說，這樣的氣溫已經相當寒冷了。

「排隊！立正！看齊！向左轉！開步跑！」清晨迴響着教官的口

令和隊員們的足音。我隨着男隊員的速度，迎着寒風，一圈一圈地跑。寒風吹得眼淚混着汗水直流，雙手冰冷刺痛，耳朵也幾乎失去了知覺。儘管如此，我的精神倒是十分飽滿。

我慶幸青年時期酷愛運動，曾經為了渡海泳的訓練游了幾年冬泳，總算能夠順利完成此次體能訓練，沒有倒下來。

早上訓練結束後，我們都會聚在飯堂一起吃「大鑊飯」。幾碟滿滿的菜餚，不用數分鐘，就全被一掃而空，速度驚人。每次吃大鑊飯時，我幾乎總是最後一個離席，待大家飯飽人散後，還在慢慢細嚼。

集訓期間，除了體能運動外，考察隊還安排了專家講授南極的地質、地理、氣候、生物以至各種該注意的事項。而最重要的課題，同時亦是這次南極考察最大的挑戰，便是越冬。南極冬季寒冷乾燥，可達攝氏零下三十三度，天氣變幻莫測，長期颳着大風雪。越冬隊員到達南極之後的一年，只能通信一次，剩下和文明世界唯一的聯繫就是無線電通訊，還經常斷續不清。在南極越冬，面臨的不僅僅是對身體的考驗，更是一次心理的煎熬，不少人因此產生越冬綜合症，導致抑鬱、失眠、易怒、敵對思想等情緒問題。

最讓我感動的是第一批南極考察隊員向大家介紹建立長城站的經過。他們艱苦卓絕的拼搏精神，為我樹立了「南極精神」的典範。所謂的南極精神就是心懷理想，艱苦奮鬥，彼此相互關懷、鼓勵及合作，朝着一個共同目標而努力。這當然還包括保護這片沒有受任何污染的淨土。

科學考察的成功有賴集體的合作，每一個人都必須在自己的崗位上盡職盡責。隊員會分配為八組，包括後勤、維修、通訊、發電、水運、氣象、科考及發展。我獲編排在「後勤」組，共有七位隊員，包括醫生、記者、廚師及負責郵政和財政的隊員；我的主責為攝影。

我沒想到，活到了中年，在我的生命歷程還能夠經歷這種學校般的集體生活，而且即將面臨如此重大的考驗與磨練。

離別圖

十天的集訓瞬間過去。在北京吃過最後一頓早飯，隊員們紛紛提着行李，出發到機場。

北京機場熙熙攘攘，隊員與送行的家屬紛紛告別。大部分的親人都心情沉重，只有那些還未懂事的小孩尚有心情在機場奔跑和追逐。人群中，有淚流的妻子為丈夫整理衣襟，有鬢髮斑白的父母在兒子耳邊囑咐，也有滿懷不捨的兒女緊緊擁抱着父親的肩膀。平時剛強的男子漢們，一時間都溫柔起來，安慰着妻兒。他們心中該有多少說不盡的千言萬語。

我站在一角，靜睹着這一幅離別圖。這十幾年來，天南地北，我已經習慣了孤身走我路，沒有嘗過最親的人送行，也不願讓任何人浪費時間為我接機。送君千里終一別，又何必相送呢？人世間一切悲喜聚散早已定下，有緣千里總能相會。

我回望那一張張不捨的臉龐，向自己許下諾言：「我一定要克服南極的磨練，不能辜負各人的期盼。不管這是一首凜烈而嚴肅的壯歌，還是一篇爛漫而飄逸的文章，我要好好記錄這段夢幻之旅。」

給南極的初吻

經過長途跋涉，我踏着南極探險英雄的足跡來到了喬治王島上的中國長城站，成為第一位踏足南極中國長城站的中國女性。我跪在站前，親吻着大地上的雪。這是我獻給南極大地的初吻。

一時間我難以抑制激動的心情，心中交織着激動和興奮。從繁華的香港來到這片萬籟俱寂的大地，我第一次見到如此蔚藍的天空和皚皚白雪。站在那片無邊無涯的藍天白雲下，我完全沉浸在充盈的幸福之中。

當我踏上長城站階梯大門的那一刻，我在心底默默向蒼天禱告，感謝祂賜予我這份人生中最豐盛的禮物。

1

1 香港在 1985 年 8 月舉行的南極展覽

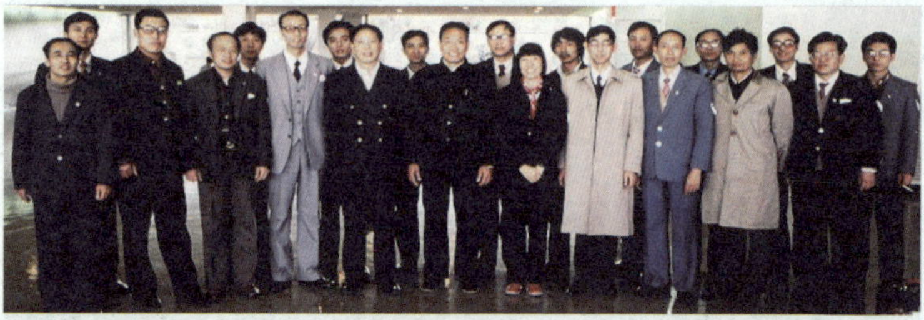

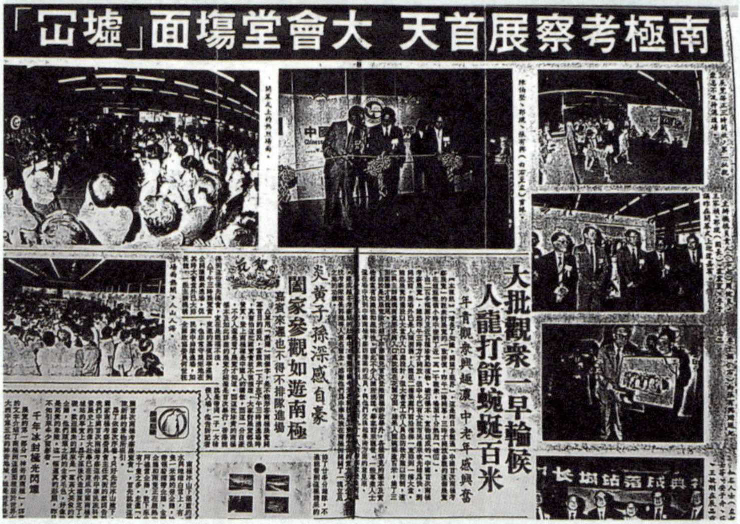

南極考察展首天 大會堂場面「墟冚」

大批觀衆一早輪候 人龍打餅蜿蜒百米

年青觀衆興趣濃 中老年感興奮

炎黃子孫深感自豪

闔家參觀如遊南極

嘉賓來遲也不得不排隊進場

千年冰封極光閃爍

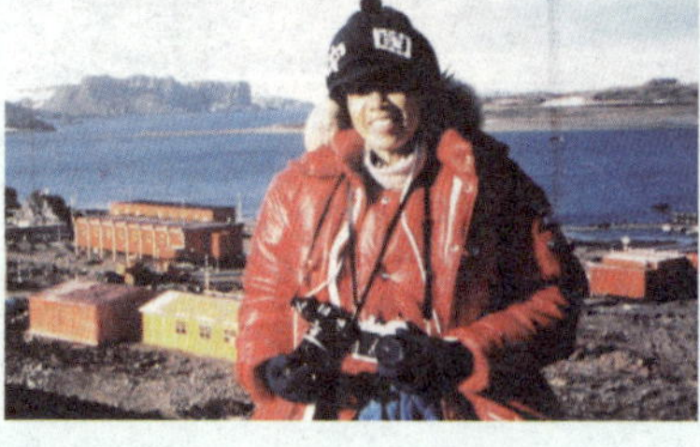

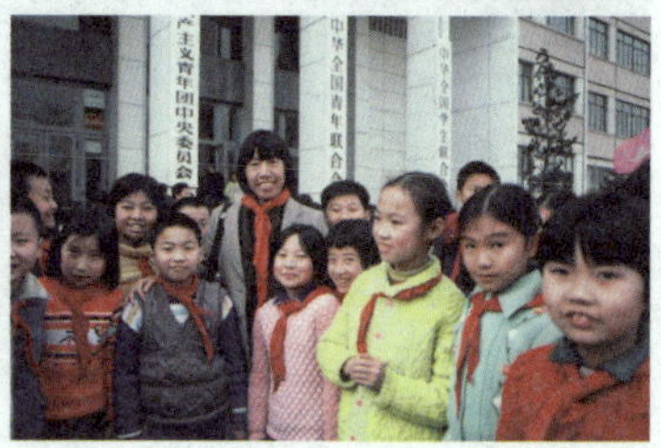

1 南極隊員合照，出發前攝於北京

2 報章報道南極展覽

3 第一次從南極歸來，在上海辦展覽與學生分享

第13章 (CHAPTER THIRTEEN)

南極夢幻

南極小姐

歷來到南極洲只有男性，這裏簡直是清一色的男士世界，形成一種深沉的色調和陽剛的氛圍。

1985年10月，十多名中國南極考察隊的越冬隊員已經有一年零兩個月沒見過中國女性了。

一份電報發給了南極越冬隊長：「一名香港女同胞即將隨南極考察隊到長城站進行訪問。」

我後來從郭琨隊長那裏聽說，接到電報後，越冬隊員們都異常激動和雀躍，幻想着這位「香港小姐」塗抹口紅、燙着頭髮、身材苗條的模樣。好一陣子，他們連看到塊石頭也會想想它是公的，還是母的。

隊長說：「過去幾個月，隊員們不修邊幅，不刮鬍鬚也不理儀容，就像古代流浪勇士一樣，在南極征戰。」

他補充道：「聽到你來了，一夜間全都英姿拔挺，修飾了鬍子，梳理了頭髮，衣着整齊，個個變成白馬王子似的。」

俗語說「女為悅己者容」，在南極卻是「男為悅己者容」。

當我乘坐的空軍運輸機降落在長城站前時，十多名男隊員踏着雪，在長城站前列隊歡迎，期待着這位「香港小姐」婀娜多姿地從飛機上走下來的瞬間。

站在隊伍最前的隊員最先看見了我，他細細的雙眼突然瞪大，繼而猛烈地搖頭：「大失所望。」

另一位隊員接着說：「這不就是個從農村來的女人嗎？」

聽到這個故事，我抱腹大笑了好一陣子。隊長原本擔心我會介意，等到我和大家熟絡了，才敢將這件事告訴我。他沒想到，我笑得比任何人都大聲。

「香港小姐就沒可能了，但如果南極有選美比賽，應該沒人跟我爭了吧？我肯定是南極小姐冠軍。」我笑着說。

我從小就懂得審美，知道自己相貌普通。

美貌，真是不可苛求。不然，人們怎麼會在「麗質」前加上「天生」二字。

多年在極地，我因風霜日曬，加深了不少皺紋。我的臉色不再紅潤和飽滿，皮膚被曬得既黝黑又粗糙，臉部也變形了，但歲月不是本來就催人嗎？這些年的歷練讓我更好地參透人生的意義，內心多了一份平和，多了一份智慧。

初到南極之時，人們以好奇的眼光來看我這個從香港遠道而來的女人。在站內跟大家認識的時候，我用即影即有相機為每個隊員拍下照片，然後寫下每個人的名字，回到房間慢慢背下來，第二天已經能夠喊出大部分隊員的名字。大家一下子便對我另眼相看。

我很擔心大家會因為我是女性，而拒絕讓我參與難度較高的考察活動。為了令隊員們正常地看待我，我盡最大努力向各人展現我的能力和熱誠。我不怕餓、不怕冷、不怕辛苦，甚麼都能幹，只要我能力所及的事，我都願意做。

漸漸，大家開始接受我，賞識我。我不了解科學，體能也有限制，但我有一顆灼熱的心。中國的科學家看到我強烈的求知慾，毫無芥蒂地傳授我科學知識，也讓我參與各項考察活動，在雪地上走路時也會經常回頭看看我是否跟得上。

初期，我默默告訴自己：「我要以時間及付出來證明，南極並非男人的天下。我要以女性特有的忍耐與細心，為中國南極考察隊的科學研究作貢獻。」

多年過去，當我經歷多次極地的洗禮後，在我眼裏並沒有男人和女人，只有人。

只要心理上超越了人心的極限，也就沒有所謂的男女之分了。

靈性海豹

這天我在企鵝島不慎踏到一塊光滑而帶軟的石頭，一看原來是一隻懶洋洋地躺臥在雪地上睡覺的海豹。還好牠夠懶，否則我可能早已被咬住，或者摔入冰冷的海水中。

海豹是南極大陸的住客。每當清晨，當我們走出長城站，總能看到數隻海豹在雪地上休息，或者在海水中自由暢泳。牠們和企鵝一樣，是極地的驕子，在這片受保護的區域中，享受着自由與安寧。

海豹的種類繁多，有着不同的生活習性和特徵。食蟹海豹，其特殊的牙齒能捕捉海洋中的食物；威德爾海豹，能在冰上生存並在浮冰上休息；還有身體光滑的斑海豹，是其他動物的天敵。

海豹是有靈性的動物。當你友善地與牠們相處時，牠們會用笨拙的身體為你表演各種特技，顯得可愛敦厚。海豹看似粗糙的身軀，其實有着驚人的智慧與情感。

然而，海豹並不一定是我們在海洋公園所見的溫順動物，牠們也有殘酷的一面。比如象海豹，牠們在海洋中成群結隊，與強敵進行着殊死的搏鬥，為的是爭奪自己的領地和伴侶。雄性海豹多妻多妾，不像企鵝那麼單純和專一。浪漫多情的雄海豹，往往因追逐其他海豹的妻妾而引起爭鬥。牠們用滾圓的身體互相搏擊，用頭頸向對方猛撞，直至滿身是傷，鮮血滴落。這是一場生死的角逐，殘酷而又壯烈。

若仔細觀察每一隻海豹，不難看到牠們身上的傷疤。傷疤的多少代表着牠們的勇敢。

在南極的海岸邊，我曾看到一隻滿身傷痕的海豹，牠體魄並不雄偉，腹部已下陷，伏在海浪與沙石邊。我放下相機，用手掌和身體模仿着牠的動作。那隻海豹似乎感受到了我的善意，慢慢地向我靠近，昂首呼叫了幾聲，然後停在我面前，與我相視而坐。牠正在用一種無聲的語言訴說着心底的苦衷，彷彿在告訴我，牠失去了後宮的佳麗，被迫獨自一人承受着飢寒之苦。

又有一天，我冒着七級的大風，帶着相機去記錄威德爾海豹的生產過程。海豹產子時顧不得分娩的痛苦，即便面對狂風暴雪，也毫不退縮，堅強地迎接生命的誕生。

當我走近海豹母子時，看到周圍血跡斑斑，原來母海豹生產的傷口依然滴着血。我靜靜地固定三腳架，錄下了所有特寫。這時，一隻南極海鳥進入了畫面，牠居然正在雪地上吃着留下的血液，同時趁着母海豹側臥時，偷偷吃掉還未清理的胎盤，讓母海豹痛得不停地搖尾。

不一會，強風雪橫掃在海豹母子身上，使幼海豹冷得發抖。面對着這場突如其來的暴風雪，母海豹艱難地挺起身子，側起笨重的身軀，背靠着暴風方向，為了讓幼兒躲在牠的懷中，免受風雪的侵擾。母海豹身上積滿了雪，但牠卻毫不停歇地用嘴唇舔着幼海豹的身體，盡可能多給予牠一點點溫暖。幼海豹顫抖着爬動，終於找到了母海豹的乳頭，於是拼命地吸吮，還發出急促的吮奶聲。在這片冰天雪地下，母海豹獨自承擔着生育和照料幼兒的責任。我忍不住思索，為甚麼雄海豹不能分擔一點責任呢？就算只是給幼海豹留下一丁點溫度，又何嘗不可呢？

此時，母海豹露出一雙因生產而充血的眼睛，看着幼海豹，彷彿滿足又安然。幼海豹也用圓圓的黑眼睛注視着母親。牠們母子二人，此刻該想着甚麼呢？

站在三米外的我，看到這感人的場面，不禁在想人間的恩情、痛苦和快樂，在牠們的世界不也是一樣嗎？

動物世界與人類世界並不相隔離，牠們同樣擁有着情感與理性。那種無私、堅韌、守護的精神，在動物界中同樣存在着。

企鵝爸爸

這天早上，隊長宣佈了一個消息：「今天可以去企鵝島了，早餐後立即出發。通往企鵝島必須經過一條長長的沙灘，上午水退後可以步行過去，但一定要在下午四點前趕回來，因為海水漲潮後，就走不回來了。」

這個消息讓我非常興奮。在南極考察時，我特別喜歡觀察企鵝。我匆匆把早餐吃完，便馬上整裝待發，背上攝影的裝備。我們一行五人沿中智大道[17]旁的海灘步行，約半小時已到達潮水下降後所露出的卵石灘路。走過石灘後，我們登上雪山較高處，這是最多企鵝棲息的區域。

天空灰白，可幸無風，但雪路難行。部分雪地被昨天太陽的熱力照射成沙面，變得很滑。我們小心翼翼地踏上雪地，每一步都顯得格外謹慎，萬萬不能受傷。

17 即從中國長城站往智利站的路。

我們登上三百多米高的陡崖處，俯瞰着遠方，可以看到一片裸露的卵石地。數以千計的金圖企鵝在山頭上來來去去，繁忙而有秩序。牠們之間似乎在商討着各自的家園，誰是誰的窩？有些企鵝獨自守在卵石窩旁，牢牢守護着未來的生命。有些企鵝正在攀登山崖，另外一群則從山頂輕盈而下。牠們走起路來，亦不忘紳士風度，左上右落，互相禮讓，場面恍如午餐時段在中環畢打街與雲咸街的行人，在繁忙的大馬路交錯行走。

每次我從南極回港，站在中建大廈前，都會暗自發笑。行色匆匆的都市人一個個趕着「搵食」，真像企鵝築巢那般忙碌。

企鵝看到我們，一點也不驚慌，依舊我行我素。間中有些停下來，舉頭看看我們，又若無其事地走開，似乎人類不值得牠們一顧。無論紅鬚、綠眼或黃皮膚，牠們才是南極的土著居民，而我們只不過是來去匆匆的過客。

牠們也的確值得驕傲。如眼前的金圖企鵝，才半米高，身穿一身黑白相間的禮服，配上鮮紅的嘴巴，那是多美的配搭。企鵝有流線型的軀體，站立時風度翩翩，難怪有南極紳士之稱。

企鵝喜歡自由自在地行走，但因為牠們雙腿短小，擁有趾間如鴨子的腳，走起路來像初學步行的嬰兒，步履蹣跚。雖然走路很笨，但牠們在水中可不一樣，既是游泳高手，又是跳水及潛水專家。有時牠們會躺下肥胖的身體，以腹部着地，尾巴作舵，雙腳及兩翅膀作槳來划行前進。所走之處，都會留下一道交錯的足跡。

企鵝的生活並不如想像中那麼瀟灑和單純。莫看牠們的外表衣冠楚楚，活潑大方；暴風狂雪時，牠們身軀弱小，又不會飛行，經常與飢餓打交道。

牠們玩得疲倦的時候，會伏在雪地上休息。但當一組企鵝入睡時，其中一隻一定站着守衛，預防海豹和賊鷗的侵襲。企鵝在海邊下水時，亦會先由一隻帶頭跳下試探環境。若碰到海豹潛伏在浮冰下，這隻企鵝便會為大眾獻出生命。牠們的互助和奉獻精神委實令人讚歎。

南極有三種最常見的企鵝：白領黑帶的帽帶企鵝；口抹朱唇、足履紅靴的金圖企鵝；還有為傳宗接代而生育最多的阿德利企鵝。

其中我最為喜愛的，莫過於樸實的阿德利企鵝。牠們的高度只到我膝部，居住在小石頭堆中，條件十分簡陋。牠們求愛的方式也很淳樸。每到繁殖季節，雄企鵝們會誠懇地向意中人獻上一塊小石頭，以表達自己的愛意。

我曾經在阿德利島上，看見一隻獻上小石頭的懶惰企鵝。牠在人家的巢裏偷了一塊小石頭，還被巢中的企鵝罵了一頓，落荒而逃。可是，當牠走到愛人面前，又表現出英雄的儀表，只為博得紅顏一笑。

皇帝企鵝履行一夫一妻制。雌企鵝每年 3 月從大海回到自己的地區，一個月內完成了戀愛到產卵的過程。雌企鵝產下一顆約半公斤重的淺綠色卵在雪地後，便交給雄企鵝去孵，然後獨自步行百多公里，回到大海捕食，補充失去的體能。

此時，雄企鵝會把蛋放在自己雙腳的厚蹼上，使牠不接觸冰雪。同時雄企鵝會把肚部一塊皺皮像羽絨被一樣垂下覆蓋幼卵，保持它的溫暖。

寒冬來襲時，幾千個準爸爸一個緊挨着一個地站在一起，背風而立，形成一組龐大的屏障，抵禦着攝氏零下五十度的嚴寒冬天。牠們還會慢慢變化位置，裏外輪流換班，確保沒有企鵝會一直留在外圍，公平而有規律。

整整六十多天內，為了保證企鵝卵不掉在雪地上，爸爸們不眠不食，在暴風下確保小寶貝的溫暖。

這個時間，正是南極寒冷的時期。在黑暗的長夜，有時風速達到每小時一百四十五公里，氣溫降至攝氏零下六十多度或更低。挨過寒冬，小企鵝出生了，雌企鵝也從大海補充體能回來了，還會帶上給小企鵝的第一口食物，然後肩負起撫養牠成長的職責。此時，雄企鵝已經三個多月沒有進食了，體重差不多減了一半。牠們為下一代付出莫大的精力，真是可憐天下父母心。

企鵝的生活充滿了辛酸與感動。在自然環境中，暴風雪是無情的，有時甚至會把整個區域淹沒。身為父母的企鵝依然勇敢昂首，寧死不離開巢穴。牠們抵着風雪，把小企鵝抱在懷裏，向牠們傳遞全身僅有的熱力。牠們是生命的守護者，為了下一代的生存，不惜付出一切。

企鵝愛情專一，還念舊情。每年剛過嚴寒的冬天，企鵝們又會紛紛回到島上，與固定伴侶在一起，尋找牠們的舊居，準備生蛋，養育下一代。

在南極的廣袤大地上，企鵝成為生命的象徵。牠們的存在讓這片土地充滿了生機和活力。企鵝偉大的靈性有時會使人在對比下感到慚愧。企鵝們用自己的方式告訴我們，生命的價值在於奉獻和愛，只有在愛的溫暖中，生命才會綻放出最美麗的光芒。牠們雖然生活在極端的環境中，但始終保持着愉悅和活潑的態度，即使在面對困難時依然昂首步行，表現「我要活下去」的勇敢神態。

不知不覺天已快入黑，我轉身準備離開企鵝島，突然間，注意到一隻孤身走我路的企鵝。其他企鵝都聚集在一起，相互依偎着，形成了緊密的群體。唯獨她，獨自徘徊，彷彿在追尋着某個不為人知的目標。

與她的相遇讓我感到一種奇妙的親切。鵝海茫茫，往後我們縱使再次相遇，也無法相認，我馬上拿出相機，拍下她那坦然無懼的孤寂身影。

她是迷失了方向，還是執意走一條非主流價值所認同的道路？

南極過冬

自從趙萍腰傷之後，我們都很擔心。至今已十八天了，我們仍無法入房探望她。這些天她房門緊鎖，除醫生外，其他人一律不准探訪。

在這段日子中，我們談話、走路時聲浪都盡量減低，生怕影響病者的心情。我一直默默期待着她能早日出現。

在這個人跡罕至的地方，突然少了一位隊員出現，大家難免感到有點失落。南極考察隊裏，雖然不是每一個人都熟絡，但存在着一種莫名的感情紐帶，將我們的心緊緊相連。

2001 這一年，中國首次有三位女隊員越冬。在南極的越冬期，隊員需要活在完完全全的黑夜世界中。不僅生理時鐘被打破，外面還每天颳大風，幾乎不能出外。同時間經歷着漆黑、嚴寒、思鄉，人的情緒自然受到影響。不安、焦慮、煩躁、抑鬱、多疑、抗拒朋友，都是很普遍的現象。

另一個心情低落的隊員，是年青的氣象學家張永萍。

他是我的舊隊友，結婚三年，仍處於新婚的甜蜜階段。南極通郵不便，而當冬天來臨時，一切交通運輸也得停航，與外界的通訊幾乎中斷。他非常惦念在南京繼續進修的妻子，經常給我看他們愉快同遊的照片。

看到這些溫馨的片段時，我在想，何不為他們這對相愛的人當綠衣使者？

我說：「如果你寫滿十個月的信，在我臨走前交給我，我回到香港後會為你每月寄一封給妻子。」

結果，他真的在我離開前寫了十封信給我，每個信封上寫上一個月份。

我承諾：「不管我在天涯海角，我一定會為你寄出。在你妻子的生日，我也會為她發賀卡。」

「謝謝你阿樂」，他那純真與滿足的笑容我至今仍記得。

很多人以為科學家多數沉迷於學術，不解人間溫情。我倒認為科學家的感情含蓄而細膩，他們對伴侶的了解十分透徹，對愛的表達內斂卻真誠。

除了趙萍和張永萍，我發現許多隊友都經歷着同樣的情緒問題。為了讓大家振作起來，穩定情緒，我為每位隊員畫了一幅肖像圖，作為小禮物。

在南極漫長的黑夜裏，因風急無法外出，隊員們組織了不同題材的講座。我也向大家分享自己創立廣告公司、拍電影，以及環遊世界的經歷。除了講座，我還開設了國畫班，教授隊員中國畫，並舉辦了一節禮儀課，介紹西方的餐桌禮儀。

漸漸地，大家又重新聚在一起。

越冬過後，南極洲最重大的節日「仲冬節」[18] 亦隨之來臨。過了這天，南極的黑夜將與日遞減，白天將漸次遞增。仲冬節，預示着一年中最黑暗、最難熬時期即將過去，光明就在眼前了。

凶險的西風帶

1991 年 3 月，這是我們駛離南極中山站的第三天，遠離了被冰雪覆蓋的大陸，踏上了回國的歸途。而此時，我們並沒有想到，眼下將會是一場比南極更凶險的挑戰。

18　仲冬節是各國南極考察隊員為慶祝南極洲漫長極夜結束而約定俗成的共同節日。

從船上的廣播得知，我們已進入了西風帶——這是從南極回國途中必須經歷的噩夢航段。西風帶，那片被譽為「暴風圈」的海域，凶險異常，是進出南極必經的一道鬼門關。在這裏，海水會隨時升騰成巨浪，風暴會以驚人的速度形成，將船隻摧毀殆盡。隊長說「極地號」剛剛卸貨，船身較輕，更容易被海浪掀起。本來我就一直擔心通過西風帶的暴風區，現在唯有聽天由命了。

西風帶形成原因，主要是赤道海域空氣受熱上升，與南北兩極施放的冷空氣相會，形成亞熱帶高壓帶。在南緯四十五到六十度之間幾乎全是海洋，大陸很少，所以使整個風帶得以自西向東環繞地球。但無論其起因如何，那裏的風暴卻是無情而強大的，更被人們稱為「咆哮的西風帶」，狂風聲如同惡魔的怒吼，警示着來往的船隻：勇敢進入，將面對死亡的威脅。

3 月 6 日清晨，當我們的船航行至南緯五十五度、東經八十八度時，一場可怕的風暴已經在周圍醞釀。氣象人員觀測到的最大風速爲每秒三十五米，風力達十二級以上，湧浪高達二十米。巨浪如山般高聳，風聲呼嘯着，使我們的船擺得劇烈不止。船員們像平時那樣忙碌着，但每個人臉上都寫滿了擔憂。

晚上九時三十分，氣旋中心移動到距離我們的船只有二百海里。巨浪狂湧而至，似乎要將船隻吞噬。巨浪從船尾湧上距水線十二米的二層甲板，破門而入，將密封好的後門連門框一起打碎。潮水湧入二層甲板右舷的五個房間，繼而流往下層甲板，整個後甲板被襲劫一空。

霎時間，我們陷入了水深火熱之中。

船員們奮力搶修，緊急出動抽水，連暈浪的隊友也起來一起幫助。後甲板三根巨大的纜繩盤整堅固，但也被打散了。其中一根長達八十米更被拋入海中，隨時會纏住螺旋槳，導致停機的危險。在這危急關頭，船隊立即組成十人搶險隊，冒着隨時可能被巨浪捲入狂濤中的危險，强行將三條巨大的纜繩拖入右舷內走廊，避免了一場可能會發生的災難。

凌晨二時五十分，風力突然再次增強。海浪堆疊成高聳的巨浪，將一百五十二米長的船托起。船頭高高豎起，然後猛烈向前傾，恍如直衝向無盡的深淵。

駕駛台上漆黑一片，鴉雀無聲，只有浪聲。每一次船體被風浪掀起，我都像被拋離一樣，雙腳失控，完全失去重心。我的心臟急速跳動，感覺自己隨時會暈倒。

聲音突然又透過廣播響起：「我們正經歷着中國航行南極以來最大的風浪。船只有一台主機，若有任何機械故障，將有沉没的可能，請大家做好準備。」

這一刻，船艙裏彌漫着一種無法言喻的恐懼。隊員們普遍顯得冷靜，而我卻感受到了一種與死神擦肩而過的冷酷。站在了生死的邊緣，世俗的慾望、過去的一切愛、恨、喜、怒，顯得多麼虛無。

我拿起筆，給女兒寫下了最後的遺書：「孩子，我即將遠行，只是這次走得遠一些，長一些。你們要好好保重。」

我簽上名字，再畫上一隻企鵝，然後把信和拍好的菲林，放在一個密封防水的菲林盒內。假若船沉沒了，希望日後有人能找到，讓世人能夠永遠紀念中國南極隊為國家考察事業的犧牲。

然後，我捧起攝錄機，回到水浸的現場繼續拍攝。

拍攝途中，我經過一個房間，看見一位年輕的隊員，他穿着整潔，頭髮梳理得光亮，臉上的鬍鬚修剪得乾淨利落。他神情凝重地坐在床上，眼神透露出末日般的不安。

我悄悄走到他身旁，發現他房間裏擺放着多張照片，照片中是他的妻子和兒子。那些笑容彷彿在向他訴說着家的溫暖，但此刻，他的眼眶卻氾濫着淚水。

他看到我走進來，嘴角勉強撐起了一絲微笑。

「在南極已經一年多了，還有二十多天就能再見到他們了。只要能看到一眼，就足夠了，只要看一眼。」他哽咽地說道，聲音中帶着難以言喻的思念和痛苦。

我走近他，輕輕撫摸他的肩膀，試着給他一點安慰。

不料，他突然情緒崩潰。

「我好害怕就此離開他們，再也無法回到他們身邊，再也無法抱着他們。我害怕，我真的好害怕。」他的聲音顫抖着，頭低低垂下。

我一時不知該如何回應，只好搭着他的肩膀，靜靜地坐在他身旁。

他心情漸漸平復下來，突然輕聲地向我問道：「阿樂，你害怕嗎？」

他的問題讓我心頭一震。我深吸一口氣：「在被淹沒時，希望隊友能給我一條繩子，哪怕只有幾秒的瞬間，只要讓我感到繩子的另一端有隊友同在，這樣我就甚麼都不怕了。」

我深信，即使在最絕望的時刻，只要有着彼此的守護，定能戰勝一切，無論是冰雪的嚴寒、風暴的狂怒，還是死亡的恐懼。

在這場生死較量中，我們不斷奮力抗爭，船身如同一葉扁舟在洶湧的海浪中持續搖擺，但我們始終沒有放棄希望。四十八小時的驚濤駭浪過後，船隻漸漸穩下來。我們奇跡地脫離了死神的魔爪。這次南極之行，成為了中國南極史上最危險、最壯麗的抗風暴航程。

黃昏時分，我們終於能夠踏出甲板。遠處的天空染上了淡淡的粉紅色，映襯着夕陽的餘暉，猶如一幅絢麗的油畫。夕陽下的海面寧靜而美麗，金色的陽光將海面染成一片溫暖的橙黃色。微風拂過海面，吹起一層層細小的漣漪，如同金色的綢緞輕輕搖曳。

我與隊長不約而同地讚美今天是最美麗的一天。

「人生往往是在最美好的時光裏中止，而美好的日子在人生委實太少，不停地掙扎只能換取片刻的歡樂。」我感慨地說。

「別想了，珍惜美好的一天，等將來再聚。」副隊長說。

我們會心微笑，繼續欣賞大自然贈予的美好與寧靜。

我的生日

今天適逢在南極生日。我很幸運，在地球的三個極（南極、北極和珠穆朗瑪峰）都曾度過我的生日。

在南極或北極，生日被視為一個重大的日子，一定要隆重其事。站長也曾問我的生日，我只說還沒有到。

多少年來，無論身在海外或香港，我從來不慶祝生日，只會靜靜地度過這一天，畢竟這是個人的事。也許，我習慣寂靜的生活模式——怕笑語喧嘩、怕祝酒、怕切蛋糕、怕別人特意為我做私人的事，更怕花費別人的金錢為自己慶祝。

我覺得只要快樂，人生到處有可慶的節日。我很慶幸能活在這個世上，以豐富多彩的想像去漫步人生路，讓生命朝着前方邁進，滿懷壯志去看望這世界。只是，我沒想到歲月流逝得如斯迅速。轉眼間，我將告別中年而步入老年，還有甚麼值得我慶祝，或是別人為我而慶賀呢？

今天我獨自走上雪山坡，以最接近天的定位，作一次感恩的呼喚，感謝我的父母賜我生命，月復一月、年復一年教養我，給我一個美好的童年及和諧的生長環境。

他們在世時的每一個畫面，在家中、在郊野、在沙灘、在旅途、在航行，一切都如此深刻。每年生日，這些片段都會在我的腦海裏迴蕩，彷彿他們的一切已溶在我血液之中。

南極真是最好的追思之地。站在海邊，遠眺這片白茫茫、空寂寥的天地，就如看着整個香港島及九龍半島，全都覆蓋着白雪，只有我一人站在維多利亞海港的中央，聽不見人為之聲，只有風聲呼嘯。我懊悔無法回報他們的親恩，懇求他們的原諒。我用了太多時間在事業上，也用了太多時間去浪跡天涯，或是流落異鄉，沒有留意他們年邁後的孤寂，剛剛六十歲便相繼離我而去。「子欲養而親不在」，這是我生命中最大的遺憾。

他們看不到我南極行，父親更不知我完成了環遊世界的夢想，否則他肯定很欣慰。父母都喜歡旅行，記得小時候，每當我考取第一名時，父親都會帶我們乘大船去澳門度假作為獎勵。長大後，每次我登上遊艇，腦海中總會浮現雙親慈祥的幻影，看到他們手牽手在甲板上喁喁細語。

回到船上，我獨自佇立在甲板上，靜靜地呼喚着他們，感謝他們賜予我生命，並承諾：「我會繼續活出豐盛的人生，以此回報。」

我禁食了兩天，在這天涯海角託夢，讓思念在天際雲端中迴旋。

夜晚，狂風暴雪再度來襲。願父母的在天之靈，與我一同享受南極的交響樂。

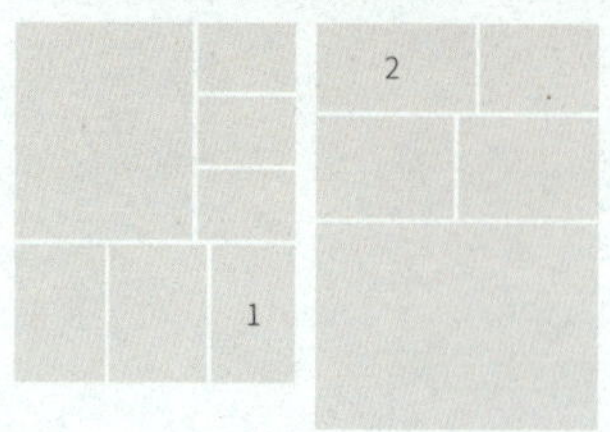

1 樂詩名片上那隻孤零零的企鵝，攝於首次到訪南極，幾十年從未換畫。與她邂逅之後，也曾遇見成千上萬不同種類、燕瘦環肥的企鵝，但只有她，是不一樣的

2 等待「香港小姐」到來的中國南極考察隊男隊員

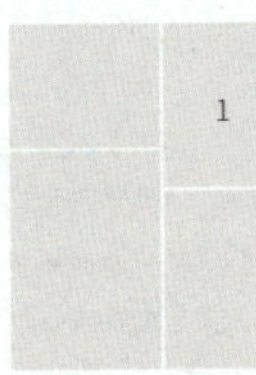

1 樂詩為極地隊員畫的肖像

1 這是樂詩最後一幅油畫作品，曾在國外展覽

2 樂詩在極地的畫作

ANTARCTICA
DAVIS STATION

雪地青光

下午一時，開始下着密密麻麻的鵝毛雪，雪隨風起舞，偶爾被疾風吹得有點混亂。

晚上，天與地似乎有點疲倦了，一切靜止，無聲無息，剛才下的雪，密密地，輕柔的，放鬆地緊湊在雪面上層層疊疊的有半米高。

無風無雪的時候，這裏真是萬籟無聲，連踏雪的冰粒音響都會發出音符美調。

趁新雪剛下，未受風蝕，我飯後走出站外，到達污水處理站的小屋附近，平視車庫。驟然間，覺得那二十四小時開着的照射燈，照亮了車庫前整個領域，範圍約三千平方尺，成扇形放射向外，形成一條神秘的大道，像與世隔絕，無盡深遠的一條起伏不平的雪路。

我最欣賞，也是最動我心魄的，就是那日光型而帶青光四百瓦的照射燈，只有那種光芒才能在冬夜中把雪粒照得似鑽石般閃耀。我凝神注視地面閃爍的光，然後再順光區遠望，隱約感到那時刻是無塵的清涼，迷迷離離，淒淒清清，寒夜的青光瀰漫神秘而空靈，可算是景與光相融的境界，是令人難以置信的美。

我滿是愜意，慢慢踏着如棉的雪回站，感謝天賜美意！讓我能欣賞如此空靈的景色。

李樂詩：《南極長夜》

（香港：聚賢館，2002 年 7 月），
第 131 至 132 頁。

第14章
(CHAPTER FOURTEEN)

茫茫北極路

愛斯基摩人

遠在格陵蘭的卡納克，我竟遇到了一位來自日本的新移民婦女，這讓我感到非常好奇。

「我原本在東京做廣告客戶服務，後來因為壓力太大，決定遠離日本，來到格陵蘭，給自己身心放一個長假。」美子說。

「然後愛上這裏的冰天雪地，就不回去了？」我問。

「我聘請了當地的獵人當嚮導，跟着他學習這裏的生活。」她又說。

這時，一個因紐特男子走過來，她指着他，羞羞地笑:「就是他。」

我一下子就懂了。美子來到異域，看見這個狩獵英勇的獵人，每天為她擋風抵雪，帶領她遠離危險。這份備受保護的溫馨感覺，將這名東洋女子的芳心融化。假期結束，返日本後不久，美子又決定重回北極，捉緊這份久違的快樂。她義無反顧嫁給這個真漢子，回歸自然的生活。

美子和丈夫，話並不多。兩人靜靜安坐一隅看海，眼神微笑，兩手互牽，種種身體語言的交流，足以令彼此明白對方。有時美子用望遠鏡看到遠方出現獵物，馬上通知丈夫。每次丈夫準備出海，美子都會從旁打點細軟，默默為他送行。丈夫推出獨木舟，出海謀生，一別可能好幾個星期才會再見。

在北極的冰天雪地中，我也曾與因紐特人展開一段難忘的旅程，學習如何通過他們獨特的生活方式，以及與生俱來的勇敢與堅韌，與這片極地融為一體。

我初到北極時，結識了獵人莫里依達斯。他高大強壯，卻擁有着溫文爾雅的氣質。他眼神深邃而沉靜，彷彿蘊藏着無數個故事，每一次注視都讓人感受到歲月的積澱和生活的沉重。他並不健談，總是言簡意賅，反而用行動詮釋着對身邊人無微不至的關懷和照顧。他的善良和堅定，讓我切實感受到了因紐特人最純粹、最美好的一面。

我一直懷疑自己前生是個愛斯基摩人，長相輪廓相似。走進他們的社區生活，如魚得水，非常適應他們安穩寧靜的起居節奏。我與因紐特人一起相處的這段日子，體驗了文明都市人無法體會的經歷。莫里依達斯和他的族人帶着我去打獵，教我如何建雪屋，駕駛雪橇。每天我穿着海豹皮做的靴、北極熊皮製的褲子和馴鹿皮衣，和他們一樣生吃海豹肉、獨角鯨肉和海鳥。

有些人會因為愛斯基摩人吃生肉，便說他們野蠻。但任誰去到那裏生活，都得吃生肉，因為北極冰天雪地，連一條草也沒有。打獵得來的海豹又沒有燃料把獵物燒熱來吃，唯有生吃，還要在獵物仍有體溫時趁熱吃。人不應因彼此的文化差異而隨意向別的民族說三道四。

所謂如履薄冰，在冰天雪地下生活，險象環生，時刻以生命作抵押。在冰海上紮營特別危險，狂風吹襲後，必須留心冰海底下可能發出冰裂隆隆之聲。我許多次在夢中驚醒，只因生命受到威脅需要立即拆營，迅速離開險境。通過因紐特人的指導，我以意志成功挑戰個人的極限和克服恐懼，即使走在崎嶇的冰原上，也不再害怕。

在北極，我最愛乘坐雪橇，在雪地上高速滑行。狗拉着雪橇在雪地上奔跑，若果意外發生，雪橇上坐着的人也會面對相同的命運。狗與人就是如此相依為命，共同與環境搏鬥。

1990 年，我隨莫里依達斯乘坐雪橇出海打獵。雪橇在越過薄冰的一瞬間，領頭的狗猶豫了兩秒，回頭示意獵人。就在一剎那，衝力不足，雪橇頭部插入水中。眼看快全隻沉下去，坐在後方的我，此刻還有十數秒也會隨之落入冰海，該怎麼辦？我立即從雪橇側滑到一塊浮冰上，見眼下的冰不足以承托我，於是又翻轉到另一片冰塊上。

莫里依達斯見狀，趕緊跳上前方一塊較固定的冰上，然後把我從淺冰中拉出來，並用厚厚的皮衣將我包裹起來，使我免受極地的嚴寒侵襲。他又拉着狗隊的主繩，十幾隻落水狗冷得發抖，一副英雄落難模樣，拼命地抖去身上的水。為了補過，狗變得更勇猛，奮力在莫里依達斯指引下把雪橇穩住，最後才脫離危險境地。

因紐特是一個勇敢的民族，特別是男子漢以及獵人。他們頂天立地，守護家園，為妻子和兒女提供溫暖和庇護。因紐特人有着外人無法理解的英雄氣概。有一次，走在我們前面的獵人突然插入冰中。我急忙叫停莫里依達斯去幫忙，豈料他竟然大叫一聲，命狗隊長朝另一方向前進，頭也不回。我沒想到因紐特人居然如此冷酷，見死不救。後來我才知道，這是當地的普遍現象。男子漢應該懂得辨別險境，並會自救。在男性之間，如果旁人輕率施以援手，反而會被對方認為你看不起他的才幹。獵人出征，除了雪橇犬伴隨左右，往往都是單獨行動。在面對暴風雪、冽冰海、兇野獸，不能奢望別人救援，困境中的生命只能掌握在自己手中。現實環境逼使他們要自強，獨自戰勝一切困難。作為一個原始民族，經常與惡劣環境搏鬥，他們必須以傲岸的態度看待一切，培養自己的尊嚴與氣度。然而，在面臨生死攸關的時刻，他們總是團結一致，守望相助。

在年老或失去自強能力之時，英勇的獵人會公開告別親友，並在適當時候，到自己喜歡的冰海，安靜地回歸大海。或許，他們是因為年老而感到自卑，但更多是不願成為家人的負擔，選擇默默離開。這樣的行為在文明社會可能被視為殘酷，但對因紐特人而言，這是一種尊嚴的彰顯。塵歸塵，土歸土。在他們眼裏，他們屬於冰海，生命終結時也應當回歸冰海。

我曾經讀到一篇年邁英雄的獵人歌：「為甚麼我現在已拿不起矛，為甚麼我現在力不從心，為甚麼我現在看不見白熊？這一切改變，究竟是為甚麼？」這歌詞是多麼叫人無奈！

1993 年，我再次回到依塔村，期待與莫里依達斯再度相見。然而，我卻得知這位曾在冰川上救過我，在嚴寒暴風雪中替我遮風擋雪的英勇獵人，已在前一年魂歸冰海。我得悉噩耗，實在惘然。北極就此痛失一位英雄。

因紐特人一生都在與大自然角力，深知生命的無常，因而能坦然面對生離死別。獵人每次離家狩獵，也有可能是永別，而妻子隨時要面對親人離世的噩耗。在蒼白的大地上，悲歡離合不斷伴隨着她們。這就是這個民族世世代代所面對的殘酷現實。

已經九年了，每次我重返冰海，眺望遠方，彷彿仍能看到他佇立在那片無垠的冰原上，一手插入北極熊皮褲袋，另一手握着海豹皮鞭。他仰頭看天，戴上我送給他的防紫外光眼鏡，嘴角依舊叼着一支煙斗，一縷輕煙在寒氣中緩緩升起。

今天，在晴朗的極晝，我再次拉着雪橇，以因紐特人習慣的坐姿，滑行在被風雪吹平的雪地上。在平靜的海邊，極晝的暖風輕拂而過，使我身上散發着海豹味的皮衣隨風飄動。這一刻是如此美好。

北極點

1995 年，回到香港後，我看到了一則《明報》在 5 月 8 日的報道，再次勾起了我首次徒步到北極點時的遺憾。

> 【本報訊】中國北極科學考察隊二十五名團員中唯一的女隊員，也是唯一一名香港隊員，李樂詩，在到達加拿大準備向北冰洋冰蓋進發時，臨時決定放棄徒步到北極點。新華社報道，這次中國科學考察隊進軍北極，李樂詩原來是計劃中的上冰隊員，徒步到達北極點是她多年的願望，她很早就為此次行動作好了準備。
>
> 然而，徒步行走的隊伍就要出發了，她突然決定不上了，她把名額和裝備讓給了海洋物理學家趙進平，讓他有機會

參加徒步考察，對正在進行的北冰洋海洋環境研究將有很重要的作用。而自己可以先緩一緩，到了北緯八十九度再作為替補隊員上去。

但到了八十九度，李樂詩還是沒有上。因為在八十九度同冰上隊員會合時，她看到了科學家們科考工作的進展、看到了行進隊伍裝備的緊張狀況。如果她上了，那麼就得有一位科學家下來，正在進行的科考項目就必然受到影響。於是李樂詩動搖了，她最後默許只要科學家們有決心有體力堅持到最後，那麼她就不上。她說，對自己的決定確是難捨難棄。把機會讓給了一位中國科學家，對於她多年追求的中國北極科考事業也許更有價值。

北極圈是指在北緯六十六度三十三分的緯線。北極地區是環繞着北冰洋周圍的美洲及歐亞大陸的北部，還有格陵蘭島、太平洋、大西洋的北部所組成的一片陸地和海洋。

北極圈距離北極點有二千六百多公里，要尋找北極點不容易，沒有甚麼標誌作記認。每次到極點的時候，都要以 GPS 全球衛星定位儀來確定。

徒步到北極點，也是所謂的「上冰」，意義重大。北極點的徒步路程，會遇到無數難以預測的困難。這段路需要徒步者在浮冰上跋涉。沒有狗拉雪橇，沒有後援，探險家只能自己拖着帳篷、睡袋、食物、裝備，越過一塊又一塊的浮冰，露宿在可能會移動的冰塊上。挑戰者必須經過嚴酷的考驗，才能抵達北極點，整個過程中需要經歷的困難和危險是難以想像的。徒步到北極點，不只是一次冒險，而代表着：你真正來過北極。

在出發前的明尼蘇達州訓練營時，同行的隊友趙進平先生，經常游說我說：「你不要上冰了，把機會讓給我，我很希望走一趟，上冰對我是很重要的。」

最後，我經不起他的游說，答應讓他由八十八度至八十九度走一段，八十九度至九十度我才接上。我還請總隊長及他的助手太太多備一件上冰隊衣，繡上他的姓氏。

當我乘坐直升機到達北緯八十九度，準備接班上九十度的十分鐘時間內，我做好一切準備，心情極為激動。怎料到達後，趙先生不願放棄，其他隊員更擁前勸我放棄上冰，並且迅速把我的背囊投回機艙內。

總領隊兼教練保羅上前安慰我說：「下次再來吧，不要難過。」

我只能走回機艙，眼看機門關閉，當時的我好像被判死刑一樣。那一刻，我真想重開機門。

努力多年的北極之路，本應成功在望，怎料幾分鐘便決定了我的命運。我唯有開解自己：「把機會讓給科學家也是值得的，只要有心，自己可以重來。」

1996 年，我再次有機會隨探險隊來到北極，嘗試征服北緯九十度的北極點。機會只留給有準備的人，這次我必須好好把握。

經過數天的波折，當我們快要抵達極點時，隨行的鄂棟臣教授興奮地手持 GPS，一邊前行，一邊低聲念着數字。

「快到了，快到了。」我也在心中默默念叨。

他突然回頭，激動地呼喊道：「北緯 90 度 0 分 0 秒，我們到了！」

我的心潮澎湃，彷彿被一股能量激發，躍然而起：「讓我們環遊地球一圈，很快的，只需幾秒鐘。」

我們在地球之巔齊步前行，不論朝哪個方向邁步，都是向南。每一步，都像是踏在夢想的彼岸。

我取出背囊裏的五星紅旗，讓它在北極點高高飄揚。

北極紀錄片

北極不僅是科學的聖殿，更是一個充滿深邃藝術意境的世界。

每次我踏足北極進行拍攝時，都會以藝術家的視角，將科學與藝術相融合。我希望通過藝術的表達，加深人類對自然的感悟。

1996 年，我首次與香港電視廣播有限公司（TVB）合作，策劃了一檔全新的電視節目《北極追蹤》。

這次旅程我特意邀請了中國測繪科學家鄂棟臣教授參與。這位曾多次在南極工作的科學家獲邀後表現得非常興奮。他一直以來的願望就是能踏足南北兩極，而他的參與也將有助於內地和香港兩地在科學上的合作。

然而，當鄂教授得知我未收取任何顧問、策劃和領隊費用，還要為他自購機票及向電視台支付數萬元的費用，他開始猶豫了。他知道我是個節儉的人，省下的金錢都是為了科學考察的儲備。他也清楚我在參加中國首次北極考察時，已花費了近二十萬，此行又要花費十多萬，這讓他非常為難。

我向鄂教授解釋道：「這次機會實屬難得。中國剛開始北極考察，需要大量新數據和資料來評估對中國乃至全球未來的影響。這次考察由我策劃路線、時間和拍攝素材，能夠充分配合科學考察的目標。其次，我們還不算太老，體力和年齡尚能應付這個挑戰。作為獻身科學的人，理應堅持到底。若因資金不足而放棄這次難得的機會，實在太可惜了。」

他聽後點了點頭，但仍未明確表態。

我接着補充道：「教授，您放心，先用我的積蓄吧。我賺錢不難，回港後，我可以再找工作。」

在我再三邀請下，他最終同意隨團參與這次考察。

北極那絕美的景致背後，隱藏着無盡的危險。每一次拍攝工作都在充滿風險的環境下進行。為了確保旅途的安全，我在出發前半年便展開籌備工作。從拍攝的主題、路線、時間、交通工具到裝備，每一個環節我都必須細心籌劃。服裝方面，我親自改良防寒服裝的設計圖，然後分別交給 Pro Cam-Fis 及 NIKKO 兩家著名體育用品公司製造所需裝備和服裝。自 1990 年以來，這兩家公司就一直支援我和國家隊員的裝備和服裝，我對此心懷感激。

最初，我計劃在 3 月初出發，但根據加拿大提供的資訊，該時段氣溫過低，將增加工作的難度。然而，若太晚出發，氣溫上升後，部分冰面可能會融化，增加掉落冰海的風險。最終，為了捕捉計劃中的素材，我決定在 3 月中旬出發，冒一次險。

作為領隊，考慮到拍攝的風險，我的心情格外複雜。在這個瞬息萬變的環境中，我將面臨各種挑戰。除了籌備拍攝內容外，我還需確保攝製隊能夠安全完成工作。因此，這段時間我心情尤為沉重。

電視台的攝製人員一直忙碌，未有機會全體座談。我只好將多年的考察經驗整理成指南，並請他們提前閱讀我寫的書籍《茫茫北極路》。在野外，狂風暴雪下，連一粒鈕扣、一條拉鏈都難以快速整理。在雪地上，物資稀缺，每樣裝備都至關重要。我再三叮囑，無論多忙，大家出發前都必須仔細閱讀這些資料。在探險過程中，每個人都必須全神貫注，防患未然。

TVB 還安排了羅嘉良和黃智賢兩位備受歡迎的小生參與拍攝。我對他們並沒有太深入了解，只是偶爾在電視上見過他們的面孔。直到電視台確認他們是正式成員後，我才特意留意了兩人在熒幕上的形象和表現。從電視上看羅嘉良，他確實是一名帥氣的男子，五官端正，尤其是那充滿情感的眼神。他身材高大，是一位很容易塑造的藝人，穿上極地的服裝後更顯英雄氣概。至於黃智賢，我通過電視劇《真情》了解到他以「阿海」的形象深入人心。仔細觀察黃智賢的面容，他帶着孩子般天真的笑容，非常純真。後來經過與兩人的簡單互動，我感到他們都是能吃苦、耐寒的年輕人，於是我放下心來。

現代極地科學研究屬於公益性基礎研究中最艱辛險峻的領域。極地科學家需要在狂風嚴寒中工作，一些人甚至永遠長眠於冰雪世界。由於距離遙遠、環境惡劣，社會大眾對極地科學家工作的目標、現狀、意義、成就，以及他們為此付出的代價往往認知甚少。與其他科學活動相比，極地研究似乎與人們更加遙遠。然而，正是這些科學家的不懈努力，才為人類提供了更深層的認知與理解。

這次我決定親自帶領攝製組前往極地進行拍攝，正是希望通過藝術向觀眾展現極地科學家的真實生活與工作狀況，讓更多人了解他們的辛勤付出。極地科學研究不僅關乎極地地區，更關乎全球氣候變化、生態環境保護以及人類未來的發展。

不論極地研究還是環境保育，都不能單靠一小撮人的力量去完成。我希望每一個電視前的觀眾，都能有所感召，加入守護環境的盟約，為下一代留下上天恩賜的美好世界。

白色力量

在狂風呼嘯的清晨，雪花在空中翩然起舞，船身隨着海浪輕輕搖晃。我的心中不禁泛起疑問：為何上天如此殘酷，讓我們和這些科學家經受這般折磨？我深信，這一切背後必有某種強大的力量在推動着。凝望眼前的冰山，忽然心頭閃過四個字：「白色力量」。靈感如電，瞬間閃過。

回到房間後，那「白色力量」四字在我腦海中揮之不去。

當太空人從太空中俯瞰地球，最引人注目的便是兩極那純白無瑕的冰雪世界。這白色，如同藍色的海洋、綠色的植被、黃色的沙漠，是地球的象徵之一，代表着地球的另一面：冰雪的白色力量。

「白色力量」既美麗又威嚴。各國地球科學家在神秘的白色世界中進行考察與研究，驚訝地發現白色世界在地球系統中的至關重要性，牢牢掌控着全球環境的變化，與人類的命運息息相關。

「白色力量」背後還有極為豐富的礦產資源、能源和生物資源，實際上是地球上最大的，也是最後的資源儲備基地。它為人類提供了地球上最後一片純淨的領域，環境科學家只有在那裏才能測量到未受污染的原始地球環境基線，從而了解世界其他地區空氣、海水、淡水、土壤的污染嚴重程度。南北極是大氣物理、日地空間物理、全球板塊構造、歷史氣候演化、現代氣候與環境監測等科學研究領域中最重要的地區。

當「綠色力量」的呼聲響徹全球之際，人們必須認清漠視「白色力量」的危險。自人類誕生以來，至少經歷過四次冰期的浩劫。兩極是控制全球大氣環流和大洋環境的關鍵區域。南北極上空的臭氧空洞，如果不加以遏制，將直接威脅到所有地球生命。一旦南北極冰川崩解，水災、乾旱、嚴寒等全球災難性的氣候變化只會接踵而至。

我們正處於重新調整人類與自然關係的歷史關頭。那麼，人類究竟該如何看待「白色力量」呢？

想到這些，我突然萌生了出版《白色力量》一書的想法。於是，我取出稿紙開始構思，先列出目錄，主要內容包括序言、地理、氣候、天空、海洋、大地、生命、藝術、環境及未來等章節。每個大主題再細分為不同的科目組，例如「天空」部分將涵蓋極光、宇宙射線、電離層、臭氧空洞等內容，而「海洋」則包括海冰、冰山、海洋化學、生物等領域。拍攝照片時，我將依照這些大主題進行分類，同時也會將今年在南極拍攝的素材一併編入書中，形成對南北極的全方位迴響。

「白色力量」不僅象徵着地球極地地區的原始美麗，也代表着它們在調節地球氣候和維持生命方面的重要性。當全球面臨前所未有的環境挑戰時，我們必須認識到這些冰雪領域所扮演的關鍵角色。透過理解和利用「白色力量」，人類能夠朝着一個可持續的未來努力，一個我們與自然關係平衡和諧的未來。

人類不應該想着征服大自然。我們應該去認識、探索、順應自然規律，去發展人類的生存空間。達爾文曾說：「只有服從大自然，才能戰勝大自然。」

地球給予我們太多，但我們從未收到一張空氣的帳單。

讓我們擁抱極地地區的智慧，因為它們不僅為我們展示了地球的過去，也為後代提供了希望之光。

無悔

1995年，我正在北極進行考察時，接到了一通來自香港的長途電話。

一個跟隨我多年的員工告訴我：「我找到了一個買家願意接手公司的辦公室。這是一個好的價格，我來不及問你已經賣了。」

在此之前，我的業務主管告訴我公司生意近幾年大幅減少，由於許多舊客戶只因我而來，當發現我不再主理公司業務後便轉向其他設計公司。我深知自己對公司的重要性，但為了全心投入極地考察事業，我別無他選，只能將公司賣掉。最讓我難捨的是許多跟隨我多年的員工。他們會因此失業，而這讓我心裏很難受。

為了回報大家為公司的付出，我答應了大家，辦公室賣出的錢，我平分給所有員工，自己一分錢都不會拿。

我不知道的是，除了廣告公司本身的價值，光是辦公室的市值已超過三百萬。我一心相信同事會為公司做出最好的決定，加上我對錢從來沒太多概念。不料，這同事以一百多萬低價轉手，再高價賣出，從中套了高達一百萬。

正在北極積極投入考察的我，根本沒時間和精力去理會。錢對我來說只是身外物，北極考察才是我最大的使命。況且，被人騙總比騙人好。欠了別人心裏壓力很大，我只要對得起自己，對得起人，便是了。

每次前往南北極進行考察，我花的都是自己的錢。我也會為部分考察人員提供贊助，如購買羽絨衣、手套等保暖衣物，也會準備十數箱物資和食品，運送到破冰船上。考察事業需要大量資金，我已經將自己擁有的兩層樓全部出售，只留下最小的一處作為我的家。我幾乎把所有值錢的東西都賣光，房子賣完再賣畫，甚至連我一手創立的公司也賣掉了。

我的弟弟曾勸我不要再去極地：「在家裏坐着畫畫也有錢，這麼辛苦值得嗎？」

我身邊很多朋友都為我擔心，苦口婆心地勸我不要冒這樣的風險：「樂詩，你玩命了。去極地太危險了，經常有人遇難。」與我合作十多年的廣告客戶也勸我不要退出廣告業，不要放棄努力經營的公司。

有一次，朋友們來我家看我，看到我從兩千平方尺的大屋搬到只有三百平方尺的單位，只剛好足夠容納我剩下的東西，竟然流下眼淚。「你別這麼傻，除了你自己，你甚麼都賣了。這是無底的，你一個人做不了甚麼。」朋友激動地說。

我說：「如果我真的背着一間房子，那我甚麼地方都不用去了。現在的我則可以輕鬆、瀟灑地遊走。」

很多人都說我太癡，太過沉迷。但如果不是親歷其境，外人是無法理解那種全然忘我的境界。有生之年可以做到些有意義的事情，縱使這會令自己的生命燃燒得快些，也不要緊。

很多年輕人會問還沒賺到錢怎麼談理想？人匆匆在世很短暫，世界上有很多事情等着我們去做，並不是說等你賺多少錢，等你的才能到達某個高度，才能為社會做出貢獻。

對我而言，錢只是達成理想的其中一個工具而已。當我需要時，我可以回去工作，或再降低我的物質生活水平，但錢留着，人老了，理想埋沒了，值得嗎？

在現代城市生活中，還有一種金錢以外的精神生活存在着。它會使人生更加充實而有意義。人不僅僅為了「生」，去滿足基本生存需要；還應該好好地「活」，活出豐盛的人生。

我還記得巴金的一句話，成了我一生的座右銘：「為着追求光和熱，人寧願捨棄自己的生命。生命是可愛的，但寒冷的、寂寞的生，卻不如轟轟烈烈的死。」

當然，人總會有軟弱的時候。特別當我從繁華都市到眾籟寂寥的極地，人的真實情感會徹底展現，毫無掩飾。或者說，想要掩飾，也做不到。長期的研究、長期的孤獨、長期的面對冰天雪地，每個人一定會情緒起伏。

這晚，我獨自面對四壁，回想起許多往事與遺憾，思索自己這麼多年來漂泊天涯，究竟是否值得。

我最牽掛的是我的兩個女兒。當我選擇投身極地事業時，我明白這條路注定要孤身一人走下去。經過深思熟慮，我決定讓兩個女兒前往英國留學。在她們出發前，我告訴她們：「以後不會經常見到媽媽，但這並不代表媽媽不愛你們。我希望你們明白，媽媽在做的是她所熱愛且認為有意義的事。」我希望女兒們能理解我。

然而，這些年來，我常常問自己，離開她們來到南極這片荒涼之地，究竟值不值得？女兒們會不會因為我將她們送走而感到失落或自卑？會不會覺得我是一個不稱職的母親？

就在此時，我留意到桌上放着一個剛寄來的郵包。我急忙打開，原來是一本聖經。我小心而急切地翻開封面，只見抬頭寫着我的名字，用端正的楷書寫着「祂是賜你平安的主，祂是你遠征的旅伴」，下署呂慈仁。

這是我普通話教師呂老師的贈禮。我幾乎喊了出來，心裏湧起了絲絲的暖意。她一直以來都寫信給我鼓勵，為我加油打氣。她曾經是一位自力奮鬥的女人，當時已五十歲。她會不時在電話中給我慈祥和關心的問候。這次，她知道我再赴北極，用《聖經》的篇章祝福我平安，讓我在極地也感到溫暖。

當我第一次從南極回港，我的旅程在香港獲得廣泛報道。自從報紙發表我將再赴南北極，許多不相識的朋友甚至會在街上叫着我，祝福我再赴南北極的願望成真。

我也收到了許多信件及小禮物。他們的願望也與我一樣，為純潔的心靈祈禱，祈求世界每個地方都像南北極那樣和平，沒有爭鬥與仇恨。

想到所有在背後默默支持我的人，我內心不再軟弱。

> 「朋友，我願意帶着你們的心意到極地去。讓我在這片冰天雪地為你祝福。我會代你許願，代你祈禱，帶着你的小禮物與白雪親一親。
>
> 北極的清晨與黃昏總是多麼美好，它會讓人對未來充滿憧憬，對明天滿懷希望。
>
> 原諒我不能一一回信給你們。但是，我會將你們的寄語作為我的動力。當我背上行李再赴北極時，我會呼喚你們的名字。

祝福你們的生活和未來像南北極大地那樣純潔。讓我回港後，再向你們報告極地的旅程。」

給老師的信

今天本應留在室內活動，但幾位考察隊員為了考察湖區生態，決定一起在戶外紮營。

清晨從帳篷出來，可見鋪滿山坡的晶瑩新雪，清新得連一絲塵埃也不沾染。

我穿上皮靴，來到湖邊，推開一些冰塊，將湖水潑灑在臉上。冰涼的觸感讓雙手有些刺痛，但也使我更加清醒。

踏着新雪，登上山頂，彷彿置身於空靈的境地。一切都是嶄新的，新的陽光、新的景色、新的湖泊。冰雪覆蓋着這片永恆的大地，而那未被雪覆蓋的岩石山，則在陽光下靜靜注視着大地。這一切都是如此和諧。

看着眼前的冰雪世界，突然使我想起了周公理老師。儘管他已不在人世，但他的教誨卻永遠烙印在我心中。我決定要給他寫封信，靜靜地表達對他的思念。

尊敬的周公理老師：

十多年過去了，您的教誨仍深深銘記在我心中。

今天我有幸再次參與中國極地科學考察，執筆之際正在「雪龍號」極地科學考察破冰船上。

望着汪洋大海，讓我想起您帶我到大自然中寫生的日子。您的畫風中總能流露出那份超然脱俗、豪邁瀟灑的情操。偶爾，您會幽默地自稱無「齒」之徒和好「色」之徒，然後開懷大笑，繼續揮筆作畫。更多時候，您會講述李鐵夫師叔晚年艱苦的經歷，以及他那不屈不撓的傲骨。您也是懷抱着如此壯志豪情，繼承了前輩的精神。

老師，我從十四歲起便接受您的教誨，您對我的影響何其深遠。我在日後的設計生涯中，一直秉持您的教導，堅守俠義經營之道。有意義的事我總會伸出援手，卻也從不為五斗米而折腰。

我深知老師對我的期待，希望我能在純藝術領域有所成就。然而，經過深思熟慮，我認為時代在進步，我需要將純藝術與商業設計相結合。唯有如此，才能實現我的理想。

我聽從您的建議，前往巴黎羅浮宮欣賞了《蒙娜麗莎的微笑》，也細細品味了法國印象派畫家的作品；在莫奈的《睡蓮》中，我感受到水與光的奇妙融合；在雷諾亞的畫作中，陽光與樹影的交錯讓我深感震撼；而在大英博物館，我欣賞到特納充滿空氣感的風景畫，還有梵高、畢加索的名作。正如我向您承諾的，我一直用心去觀摩和學習。

最令我感動的，是尋找到您的師公約翰・辛格・薩金特(John Sargent）的畫。去年我在倫敦的Tate畫廊參觀了為紀念John Sargent而舉辦的珍藏展覽。我在展場徘徊良久。展覽結束後，我心潮澎湃，突然對現有的工作感到迷茫，不知該繼續冒險進行極地考察，還是專注於我一直熱愛的繪畫藝術。

多年來，許多前輩畫家鼓勵我不要放棄繪畫，也有人勸我放棄探險活動。最近，許多朋友也問我，為何多次前往南北極？為何孤身遠行？為何放棄名利？類似的問題層出不窮。可是您知道嗎？南北極彷彿有股強大的磁力吸引着我，南極光與北極光讓我魂牽夢縈。不論身在何處，兩極的情感總是縈繞心頭。

中國已在南極洲建立了兩個科學研究站，北極研究也在九十年代展開。我們已踏上世界科學研究的舞台，發表論文，登上講壇，為全球科學研究作出貢獻。為此，我深感自豪。我們中國人必須在二十一世紀崛起，為國家的永續發展和世界的繁榮作出貢獻。

如今，我有幸完成了地球的三極旅程。這數十年的極地生涯，雖然説起來輕鬆瀟灑，實際上卻是在波濤洶湧、寒風凜冽、變幻莫測的冰天雪地、黃沙荒漠和熱帶雨林中度過。

我赤手空拳面對廣袤的大地，探索大自然的奧秘。老師，我一路走來，常以極地探險的堅毅精神為榮，甚至願意為此獻身。我不畏懼死亡，但我心中還有一個未了的願望，就是籌建一所「中國極地博物館」。

中國在三極的對比研究是其他國家難以企及的，這些年極地科學的珍貴資料和研究成果必須永久保存下來。我希望這個宏偉的工程能夠在本世紀得以實現，讓人們認識到極地科學的重要性。透過藝術的呈現，讓人們熱愛生活、自然、科學和國家，是我多次前往極地的初衷。雖然這個工程艱巨，但我願意百折不撓，為完成三極的使命作出一切可能的貢獻。

老師，您的期望我一直銘記於心。待我成功完成這個心願後，才會專心享受我夢寐以求的繪畫藝術。我相信，您在天之靈會支持我完成這個使命，將您傳授給我的藝術才能與科學融合在一起。

此刻，我在汪洋大海中與您書信往來，下次我會在高山之巔再與您聯繫。

學生 李樂詩

1999年8月10日

3
CHINARE

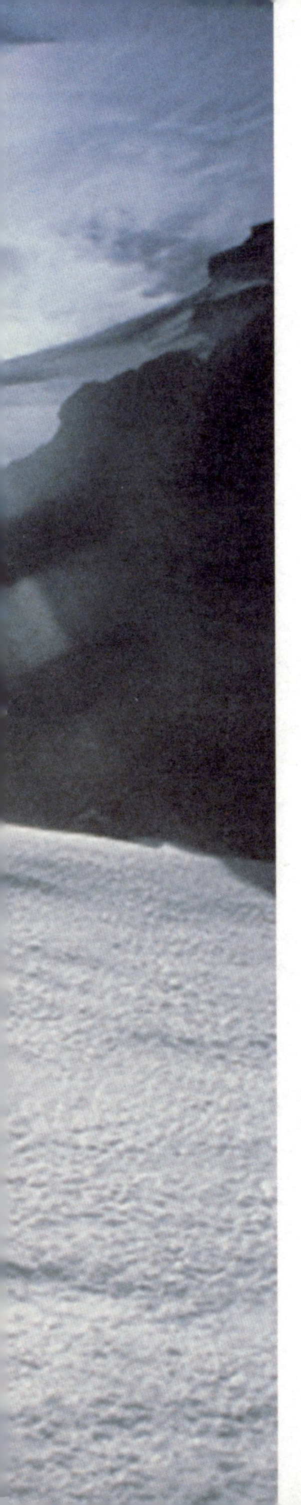

光明與黑暗

我們又回到北極圈，剛享受過幾天極晝的世界，那不落的太陽，而今天回到有黑夜，一線之隔，時日變幻之不同，宇宙真奇妙。

我還是喜歡白晝，整天在光芒中，多麼難得！太陽每天都在十二時多才依依下水平線，二時多又再上來，越往北，太陽便越留戀我們這隻孤船。

白天，當太陽照射到海冰時，雪上的紋理，雪粒折射着鑽石似的光，被風吹成的雪波圖形是多麼柔美。看船的一切設施，輪廓分明，夕陽灑下，全是暖色調。白天與晚上都是差不多光度。

晚上我們不用說晚安，也不用說早晨，「日安」可以全天候地用。這幾天最感謝那可愛的太陽，給予我們日落的紅光。

如今，我們又南下，重過北極圈，一下子，總覺得黑夜重臨，沒有歡呼之聲，沒有啪啪的攝影機聲，也沒有人守在甲板靜思靜觀的場面。繼之而來的是霧，濃霧、雨、風、強風、浪、強浪、夜、黑夜。

我相信人總喜歡光明，在光明中工作爽快明朗，心裏都會充滿希望，充滿理想，憧憬樂觀的人生觀。相反，黑暗給予人一種灰色人生的感覺，若再加上濃霧，狂風駭浪，依然懷着樂觀的人生觀，那需要很大的堅忍與毅力。

人，總要經歷生命歷程中的光明黑暗、風風雨雨、酸甜苦辣，才是一個了解生命意義的人生，才會珍惜光明在望，我想理想是要付出代價的。

李樂詩：《北冰洋細語》

（香港：聚賢館，2002年3月），
第135至136頁。

第15章
(CHAPTER FIFTEEN)

珠峰密語

高山之巔

經歷了一夜又一夜的折磨，今晚又是一個不眠之夜。是夜沒有風，雪卻越下越大。

我仍然竭盡全力，在有限的空間內與雪交戰。雪沿着帳篷的斜度滑落，堆積在我挖的溝裏，直至堆到我的腳邊。我突然想起在營地遠處的運輸車可能會有可睡覺的地方，但車門是關着的，而其他隊員都已經入睡，我又不忍心去打擾他們。

我只好強忍着，留在薄薄的帳篷裏。「不管了，睡吧，睡吧！」我下定決心，閉上眼睛入睡。然而一陣透骨的寒意很快將我從夢中驚醒，我的臉和腳幾乎被冰雪壓着，彷彿整個人都要被凍結一樣。帳篷內的水蒸氣一滴滴地從防水帳篷滴下來，滴在我臉上和腳部。如果再不起來，整個人都會被凍結。

我仰躺着，眼睛盯着距離我只有一米遠的帳頂，一股酸甜苦辣的情緒湧上心頭。

俗話說「男兒有淚不輕彈，只因未到傷心處」。作為一個女性，我也很少在旅途中落淚。但在這大雪紛飛的黑夜裏，確實冷得令人害怕，我能堅持得住嗎？一滴清淚從心底湧了出來，沿着臉頰滑落下去。溫暖的淚滴很快就凝結成冰，停在耳鬢下。我默默忍耐着，臉朝着聖母山，祈禱着，給我勇氣，不要再讓第二滴淚水落下來，我要勇敢地等待天明。

終於，天漸漸地揭開了幃幕，光芒瞬間湧現。我們準備好一切，便啟程向山上走。我們先跨越了河流，沿着向東方的路徑前行，因為那條路通向東絨布冰川[19]。所謂的路，實際上並不存在。這時我才深有體會魯迅所言：「其實地上本沒有路，走的人多了，也便成了路。」這條路大多是崎嶇不平的巨石和斜坡，走在這樣的路上，彷彿江湖高手走在梅花樁上。

從早上七點半出發到現在已經走了四個小時。在這樣的高山之路上，體力的消耗速度極快，不能讓心臟負荷過大，否則會很危險。但如果停下來休息，又不能停留太久，否則可能會一坐不起。原本我們一行共有六個人，前三個和後三個，後來司機

19 東絨布冰川位於珠穆朗瑪峰北坡，起源於海拔約 6,500 米的區域，延伸至海拔約 5,800 米，綿延數公里，是世界上海拔最高的冰川之一。

已經忍受不了，放棄了攀登的計劃，躲在大石旁，一動也不動了。他說要在那裏等我們回來，而我只能低着頭注視着路面，拼命跟隨前方的腳步，不停地前進。

在下午兩點半的時候，我們終於看到了冰川。天氣明媚得很，但我已經感到非常疲憊，無法專心觀賞景色，更別提拍照了。

很快，我們又再次起行。接近東絨布冰川的路充滿陡峭的岩石，有些斜坡的坡度甚至達到了五六十度。受到強烈的凍蝕風化作用以及夏季的雨水沖刷，山泥經常滾滾而下。本來走路是再平常不過的事情，但我沒有想到在這樣的高原雪域中行走，竟然給身體帶來了如此巨大的折磨。

此刻，我不僅要專心致志地邁出每一步，還要時刻注意着百米以上的懸崖。越往上攀爬，我越感到呼吸急促，行走也變得極其困難。氧氣似乎越來越稀薄，好幾次我不得不靠着冰鎬喘息，兩條腿已經難以支撐我的身體。每次稍作停歇後，都會感到雙腿已經失去了力量，就像是做完手術後失去知覺一樣。我需要用手幫助我的腿移動，才能夠站立起來。每次休息都只會停幾分鐘，好幾次我都要求多休息五分鐘，而跟在後面的隊友也在抱怨中國科學探險隊隊長嚴江征為甚麼要走得這麼快。每個人都感到極度疲憊，可以說是筋疲力盡了。

這時，天上下起不知是細雨還是雪。翻越一個斜坡後，我聽到自己的心臟在狂跳，這一刻，我感覺自己要垮下去了。但是，另一個信念在我的腦海中閃現：我一定要繼續前行。回想起自己在香港花了幾千元進行全身檢查，我的心臟健康正常，我不會死去，更不會垮下去，所以我必須盡可能地繼續前行。深深地呼氣，慢慢地吸氣，在五分鐘內，我又再次跟上了。

我們終於再度行走了兩個小時。然而，雨勢卻越發猛烈，四處都找不到可以避雨的地方，只能勉力繼續前行。眼前又是一條需要渡過的河流，河水冰凍刺骨，但我們必須渡過去。

渡河後，我的體力更加不支，好像只剩下了一個空空的軀殼，毫無力氣，無法控制自己的身體。我拼命地用口和鼻吸氣，希望多吸一些氧氣，但空氣稀薄，氧氣含量極低。氣喘使我發出更大的聲響，有時甚至發出呼叫聲。

我向嚴隊長要求停下來，給我休息五分鐘，讓我恢復些許體力。再多吸幾口深深的氣，補充因缺氧而產生的暈眩，或許能夠再次振作精神。

隊長一邊走，一邊喘息着說：「阿樂姐，不行，不能停下來。停下來就會被冷僵了，不能停，不能停！」我聽到他講話斷斷續續，夾雜着急促的呼吸聲，深知他也在極度的不適之中。

隊長又自言自語地重複說：「我們不會死的，我們不會死的。」

一股求生的精神推動着我們繼續前進。我們喘着氣，一步一步登上了幾個山頭。

作為一個女性，很自然會有一種依賴性，期待男性的扶持。在險峻山嶺之間，我也希望得到幫助，當我走在後面時有人留後照顧我。在當時的環境中，我確實有過不滿，居然沒有人回頭照應過我。

可是，我知道在極度艱難的攀登中，體能是各自承擔的。每個人都已到了極限，如果要用別人的氣力來拉我一把，可能會害死他。因為對方可能也只剩一口氣，救了我就沒辦法再回過氣來。此時，我才理解在那高原雪山上殉難的英雄，為何人們只能在他死後就地埋葬，因為沒有人再有一口氣把他的屍骸背下來。我不能把自己當成一個女性，不能希冀有甚麼額外幫助。路是自己走的，一人做事一人當。

現在距離目標點，大概還要走三小時，看來近在眼前，卻遠在天邊。俗話說「上山容易下山難」。然而，到了高原雪域，卻剛好與這句話相反。在大本營，已經是五千多米海拔，在缺氧的狀態下走路就像古代那些帶上枷鎖腳鐐的囚犯，只能小半步小半步地走。下山，則容易得多，越往下走空氣越好，回氣也更暢順。人生不也正是如此？人往高處走，必定要經過苦難。每跨一步，都必須付出代價，才能越走越高。人生必須經歷如此反覆不斷的磨練以及先苦後甜的進程，才使生命更加豐盛和有意義。

最後兩小時了。雨水、強風、寒冷把我們僅有的一點餘熱也驅走了。李白說：「蜀道難，難於上青天。」這條路比蜀道更難。

我心裏想着：「我不能死，我還要去南極和北極拍攝，不能就此死去。」我心知生死的爭奪盡在於這兩小時，我又鼓起勇氣，集中精神和意志力，一步步踏上冰川口的方向。不料，我們走錯了一個小山頭，無緣無故多走了三個山頭，多花了四十分鐘。此刻我的體力已經消耗殆盡，頭腦也開始感到昏昏沉沉，直接伏在了地上。

就在此時，嚴隊長像發現奇跡似的，興奮地大叫：「阿樂，聖母山顯靈，看到峰頂了！」我從地上爬起，回頭一望，那神聖靈光委實攝人心魄。威嚴的神聖山峰，有一點像金字塔，但比金字塔更高大雄偉。我脫下太陽眼鏡，山峰的白光在暗藍色的天空中閃閃生輝，似近還遠，好像伸手可接，又好像可望而不可及。

聖母峰是珠穆朗瑪峰的別稱。在這裏，我們日日夜夜都期待着能看到聖母峰的真面貌，此刻終於夢想成真。

我一直站在那裏，與聖母峰微笑相視很久，我彷彿體會到為何司馬遷要登泰山，李白要上白帝城，蘇東坡要遊赤壁，白居易要見廬山。若果他們能夠來到這數千米的高原，在接近青天的位置，聽雨、戲雪、撫冰、喚風，他們會寫出怎樣更壯觀的詩篇？

這樣看來，我比他們幸福，有幸感受到這絕美世界。在一片靈感的衝動下，我匆匆寫下這些詩句，作為對大自然母親的一種報答：「回首一瞬頓心驚，珠峰顯聖現仙靈，昏黃增添柔柔色，彎月亦隨伴山明，復照清溪如銀瀉，星星相映沉澤色，聖母臨照顯神靈。」

雪域墓地

當我們離開冰川時，嚴隊長說：「在下山途中，接近支流河附近，有一座小山丘，山丘上可以看到一組墳墓，我們應該去拜祭，以示對英雄們的尊敬。」

珠穆朗瑪峰，這神秘的巍巍聖靈，多少人想攀登，來此探索雪域的秘密。自從 1921 年開始，有多個國家的登山隊都試圖從中國北坡登上這神聖之域，但都先後失敗，甚至葬身在冰倒雪崩之中。

雖然身處惡劣的環境中，我與嚴隊長不忘張望尋找雪域墓地。走了五個小時，在小溪旁發現一處小山坡，高高的形成一個小平台。平台上有一堆堆碎石，疊成一座座小丘。每堆碎石中有一塊較大的石，像石碑，上面刻着名字。

我和嚴隊長加快步伐，確認這就是墓地。環顧四周，荒野寂寂，微雨紛紛，風蕭蕭兮易水寒。我們在這裏繞了一圈，在這十多個墓葬中，有各國科學家，其中也有中國科學家。石碑上寫着王洪寶和鄔宗嶽的名字。

嚴隊長說：「鄔宗嶽當年才四十多歲。他是 1960 年成都地質學院畢業，1975 年任登山隊副政委、突擊隊長。當攀登到了八千米的時候，由於空氣已十分稀薄，缺氧嚴重，鄔宗嶽為了保證他的隊員能成功攀登八千米以上的高峰，毅然把自己的氧氣給了另一位隊員，讓他繼續攀登，而他自己則留在八千米處等待。」

嚴隊長深吸一口氣，接着說：「可是在八千米處怎麼可以單獨一個人留守呢？在八千米高山缺氧的情況下，人的精神會產生幻覺，視力減弱，分辨能力退化。他保證了隊友登上世界第一高峰，自己卻永遠長眠在高峰下。」

我站在墓地前，深深地鞠躬，低頭憑弔。細雨像祭酒一樣灑在墓上，酹在英雄的長眠之所。雨水不斷地沿着我們的帽沿下流，和我們的淚水一同流入英靈的心坎。嚴隊長比我還難過，他從小崇拜英雄，景仰英雄，站在這英雄的墓地前甚為激動。

四野淒迷，風聲蕭蕭，我彷彿看見中國年輕壯士在這高峰上犧牲的情景。我舉起相機，為安息着的英雄們拍攝墓地，同時默默禱告，請他們安息。

人世間，有千千萬萬的墓地，年年月月受人獻花、祭祀。而在這巍巍高峰上的這塊英雄墓地，他們沒有高高的墓碑，沒有壯麗的墓道，更沒有人前來獻花。可是，這是真正的不朽英雄墓地。

回顧過去一生的旅途，每個場景、每個人物，都像電影一樣在我的腦海裏不斷循環播放，縈繞心頭。我不禁想起那些老去的科學家們，甚至已經離開人世的同仁，以及科考後勤隊伍的無數無名英雄，他們為中國極地科考貢獻了血汗與青春。

我和嚴隊長沿着一座座墓地敬禮，為每座英雄墓加上一塊石頭，並在每座墓上點燃一支煙，作為我們為英雄的祭拜。

天氣突然變差，我們無法久留，只好告別英雄墓地。

回程的路上，我不禁思索，人終有一死。司馬遷曾說：「死有重於泰山，或輕於鴻毛。」但死並不可怕，可怕的是人不珍惜自己的生命。生命只有一次，我們應該學會敬畏生命，這樣才對得起為了人類福祉而犧牲的前人。

多少人正在繼續踏着英雄的足跡前進。在我的身旁，多少隊友長年累月在這高山荒野，經歷着嚴寒雪冷和死亡的恐懼，為着科學和宇宙的進程而付出。

壯士一去不復返。未完的事業，讓後來者完成吧。

雪巴族

這家小小的咖啡館，散發着一種閒適的氛圍，讓人感到格外安詳。我點了一杯咖啡，靜靜地坐在這裏等待導遊的到來。回想起攀登北坡時的磨難，這次來到珠峰南坡，特意多花點錢請人幫忙背負行李，能夠拍更多的照片就值得了。

十五分鐘後，一位個子不高、皮膚黝黑的青年走了進來。他捲起袖子，露出結實的肌肉，一頭短髮顯得格外利落。我們兩人不約而同地互相打量着。我第一眼見到他，就覺得他忠厚樸實，讓人感覺十分舒服。他自我介紹叫品巴，握手之後，便一起坐下了。

他寡於言談，很少回話，只是時不時點一點頭，讓人感覺老實敦厚。他的英語不太好，幸而總算可以與我溝通。遇到讓他為難的請求時，他總會回答我說：「盡量吧。」但我知道他定必會盡最大努力完成。

我拿出地圖來，告訴他計劃的日子與安排，大約哪一天要到哪一個目的地。聽罷，他慢吞吞地說：「那麼高的山不是兩三天可走完的，也不能永遠按照計劃進行。」

我說：「我了解的，看環境吧。我不久前剛從北坡登上了六千米高峰，我會按你的指引配合的。」

他聽了很高興，於是我們有了一種默契。

品巴是雪巴人。到尼泊爾之前，我就聽說過雪巴人的事跡。雪巴人一詞來自藏語，意指「東方人」。他們本是西藏的一個族群，據記載，大約十六世紀跨越喜馬拉雅山脈的分水嶺，來到了尼泊爾和印度，並在珠穆朗瑪峰的腳下定居下來，因此他們的面容和語言都接近藏族。十九世紀初年，印度被英國統治，雪巴族人以強悍著稱而被徵召入伍，作為軍隊駐紮尼泊爾。雖然現代文明和外來事物改變了一些他們的傳統，但他們依然保持着堅毅、耐勞的特質。

尼泊爾的雪山地區是世界上著名的雪山集中地，山峰連綿，因此吸引了世界上無數的登山家。從 1949 年開始，尼泊爾就開放登山。雪巴人對山地的習性十分了解，因此被派遣作為先驅到珠峰探險。

1953 年，正是紐西蘭與雪巴族的登山隊員首先登上 29,028 英尺（即 8,848 米）的峰頂。到了 1976 年，有八位尼泊爾登山隊員登上 25,000 英尺（即 7,620 米）的山峰。尼泊爾登山旅遊蓬勃發展起來，雪巴人作了不可磨滅的貢獻，可謂登珠峰的開路先鋒。

他們憑着穿越山嶺的經驗成為了導遊。除了為登山客帶路，背行李，他們還要為登山客的安全負責。他們的腳就是運輸工具，攀爬時把一條帶綁在額頭上，背負四五十斤重的物品，赤腳負重在碎石路上來回穿梭，一口氣可以步行十到二十公里。過去他們因為窮，買不起鞋，所以腳板被石頭劃破成一條條的紋路。

憑着這雙腳，他們在珠穆朗瑪峰下來回奔走，冒着生命危險把外國人帶上了山頂。他們獻出體力、智慧甚至生命，只為賺取極少的報酬。還記得我曾與一位雪巴族長者談過生死。長者說，他兒子在帶領外籍客登山時，死於珠穆朗瑪峰。當時他含着淚告訴隊員，他不想有人因背兒子的屍體下山而死亡，所以就地埋葬吧。

許多登山隊伍都依賴着雪巴人的幫助和引路，成功攀登高峰。雪巴人中最著名的人物之一是波特達，他是雪巴人的典型代表。他曾參加多次國際探險隊，並被任命為雪巴人長老。他的成功故事激勵着許多雪巴人，包括我的導遊品巴。

品巴只有二十五歲，從十多歲開始，便為登山客背東西，他已經來回這座山無數次。品巴在匆忙的路途中，不斷與來往的導遊打招呼，可見他對這條路十分熟悉。作為導遊兼腳夫，他長年累月靠山吃山，勞累得很，特別是每年的登山高峰期。

登山途中，我最關心的是時間，因為時間對我來說，就是生命。我常常精確地計算着何時到達某一地點，以及在某一地點所花的時間。在登山途中，我經常問品巴，還有多久可到達。特別是在面對一些艱難的路程時，我更加渴望知道這條路還有多遠。品巴總是回答我：半小時、一小時、十五分鐘。他一直這樣回答，但很多時候，連他自己也不知道時間，因為他沒有手錶。

在我的背囊中，有一隻電子計算機手錶，我便把它送給了品巴。品巴興高采烈地接過手錶，放在懷裏的袋子，每次拿出來看時都會小心翼翼。在途中碰到他的朋友，他會拿出來很驕傲地給人家看，朋友們也會用羨慕的眼光看着他。

來到旅途的最後一天，我和品巴都筋疲力盡，坐在一間小客棧內停歇。

我問：「品巴，你是否登過珠穆朗瑪峰頂峰？」

他搖搖頭:「沒有。有過無數次機會，只是太危險，所以沒登過。」

我問：「你害怕嗎？」

「我不怕。只是要趁年輕多做幾年導遊，多賺點錢。等到年紀大一點，我一定會登上高峰。」他說。

「那賺夠了錢，你打算做甚麼？」我問。

「我希望擁有自己一間小客棧。」他說。

原來品巴的夢想，是在山上開設一間客棧，招待勇闖珠峰的登山客。當他的身體不再容許他為登山客帶路，背行李，他渴望在高山之巔創造一個溫馨的庇護所。

我說:「如果有幸再次踏上這座山峰，我希望能夠入住你的客棧。」

他羞羞地點頭，眼睛笑得瞇成一條縫。

我閉上眼睛，合着雙手，祝福他夢想成真。

2005 年 5 月 22 日十一時零八分，樂詩終於登上珠峰頂。珠峰頂岩石面海拔高程為 8,844.43 米，測量精度 ±0.2 米；頂冰雪深度 3.5 米，比之前的數據降低了 3.7 米

1

1 沙漠「塔克拉瑪干」在維吾爾語中的意思是「進得去，出不來」，人稱「死亡之海」

彭布寺山色

到達彭布寺的時候，已經是第五個據點了，高度近四千米。

在民居中住了下來，昏暗的燈光，才體會到那一燈如豆的情景。

不過，回想起從唐布寺到彭布寺的沿途山色，真是令人享受、欣賞。大自然的美除了她是自然以外，還在於她巧奪天工的佈局與變化。這是秋天的景色，北坡的秋天，除了氣候不會太寒冷，也沒有樹木，沒有落英，只有秋天蕭條的景色，使人沉悶。

可是在南坡，不愧為珠峰的江南，綠樹在此刻已經開始落木，北京香山，你會以為香山紅葉；如果在加拿大，更會以為是滿山紅楓。紅葉似火，襯托着近處赭色，遠處雪山的白色，在層林盡染之中，山色更加朦朧好看。如果一陣風拂過，真有點無邊落木蕭蕭下的詩情畫意了。

走過了一處叢林又一處叢林，有時我們會走在山石路上，山石出於自然的巧手，會出現許多怪石花紋。面對這些怪石，有時我會發奇想，想到也許在這些怪石下有許多天然而神奇的岩洞或者寶物，或許有一天會發現的。

尼泊爾，這個虔誠的國都，他們往往在石壁上畫上許多神仙、佛像，而且還加上顏色，使山色增添了神秘的色彩。

沿途欣賞這山間景色，在山間中也常常看到村屋數間，真有點像世外人家，超塵脱俗，令人羨慕。於是我想起如果世界沒有戰爭，盡是如此一片和平景象，世界就太美了。

李樂詩：《雪域紅塵》

（香港：聚賢館，1998 年 10 月），
第 175 至 176 頁。

第十六章
雪龍號訪港

第十七章
極地博物館

第十八章
教育傳承

第四個

一個人能夠用一輩子的精力來完成一件事，就已經很知足了。

二十年

第16章

(CHAPTER SIXTEEN)

雪龍號訪港

祈求生命

2004 這年，我六十歲。

雖已步入退休之年，但我的生活卻依然忙碌而充實。這時我正準備再次啟程前往南極，然而命運之神卻給了我一個最後限期。

一天，我發現自己再次出現了便血的情況，不得已前往醫院進行檢查。

我見了外科醫生黃錦權。踏進他的診所，我第一個反應是：這位醫生竟然如此年輕。他的眼神炯炯有光，微笑中透露出深沉的穩重。我抬頭看到牆上掛着的腹部解剖圖，大腸的結腸部位正是我感到疼痛的地方。

黃醫生為我初步檢查，並建議進行內窺鏡檢查以確定診斷。然後他平靜地對我說：「李小姐，我在報章得知您經常前往極地，為社會做出了很大的貢獻。為了表達我對您的一點心意，我不收您的診金，即使將來需要進行手術，我也不收您的手術費。您不必擔心和害怕，去南極也不怕，還怕甚麼呢？」

聽到這番話，我低下頭強忍着淚水。人間的溫情，如何不叫人動容？

數天後，我正在蒙古開會，命運的消息突然降臨。黃醫生通過長途電話告訴我，我確診患有惡性結腸癌。多年來在野外的生活，經常飲用可能受污染的水，我內心深處早已有了預感，總有一天會難逃一劫。

儘管我已經有了心理準備，但面對如此兇險的病魔，我還是感到措手不及。在南北極、珠峰，十多次的歷險我都能度過，這一場戰鬥又將如何？面對突如其來的凶訊，我立刻想到的不是生命的終結，而是我這二十年來收集的大量資料尚未總結，我怎麼可以匆匆就走呢？

這段時間黃錦權醫生給了我無限的關懷和支持，我對他的感謝不只是手術費，人與人之間的扶持，是無法以金錢的價值來比擬的。

被推入手術室時，我平靜地問他：「我還有兩年嗎？」

他誠實地回答：「我不知道。」

我擔心的不是死亡，而是我仍未完的心願。我跟醫生討價還價：「兩年都不夠呀！我還需要五年，我必須做完南北極的資料整理，還要五年，五年就夠了。」

「如果能過兩年，就能過五年。」醫生低聲地說。

斷腸之痛

在醫院住了七天，接受手術及治療後，回家正值農曆年最後一天。這個新年我獨自忍受斷腸之痛，只要身體一動，腹中的傷口和腸子也會跟着翻滾。每一個動作，都是如此的艱難。

生病的事我沒有告訴任何人，做完手術才讓兩個女兒知悉。術後第三天，我便起來工作。

這段時間，我每天堅持行山鍛煉體能，保持清淡的飲食，亦不讓自己緊張勞累，努力平衡身心狀態。其間，我特別喜歡聽中樂，如古典民樂的代表作《春江花月夜》。柔和的旋律總能使我心境平靜。

每當我身體不適時，我都會想起黃醫生對我說：「有戰勝極地的勇氣，怎麼不能面對病魔？」

對，我要堅定地把生命之火燃燒到最後一刻。

2004 年 8 月，我到上海探訪舊隊友，碰見南極「雪龍號」船長袁紹宏。一見面，船長便跟我說：「雪龍號可能會來香港！」

這消息使我十分鼓舞。自從 1996 年「雪龍號」初次來港，多年來我一直期待這艘中國的破冰船和科學考察船能在南極考察二十周年時，在香港停泊幾天。於是我在 9 月初再次飛往北京，與袁船長的上司魏文良主任以及南極辦公室的領導們見面。

魏主任說：「我們已同意去香港，最快會在 10 月底，但經費實在困難。」

我立即向魏主任表示：「您別擔心，我會設法在香港解決經費問題。」一如 1985 年為中國南極考察隊在香港的展覽籌備及設計一樣，我願意承擔這個有意義的重任。這也是我作為南極考察二十年的歷史紀念。

講到這裏，我深深地吐了一口氣。我完成手術剛不到八個月，傷口並未完全康復，時常隱隱作痛。我明知不可為而為之，更有點拿生命來開玩笑。按照醫生的囑託，手術後還要接受化療和盡量休息。然而，為了一個還未褪色的理想，我決定豁出去，取消化療。我需要爭取時間籌備，也沒辦法接受「雪龍號」隊員來到香港的時候，看見昔日的「香港小姐」變成禿頭。我不是一個重視外表的人，只是希望以最佳的狀態迎接隊員們的到來。我決定冒一次最大的險。

孤軍作戰

回到香港，我馬上積極開展籌備工作。

我每天早上五點起來，先去龍虎山吸氧療養，之後便回到辦公室，每天仍然工作十多小時。

這次「雪龍號」訪港工作量非常龐大。首先要解決的是「雪龍號」的停泊問題。尖沙咀海運大廈碼頭是最好的選擇，這是維多利亞港最顯眼的泊船地點，方便市民參觀，又能收宣傳之效。但尖沙咀碼頭單是每天的停泊費已是十多萬，這讓我很苦惱。幾經辛苦，我成功打動了碼頭營運集團的主席吳光正先生，免去停泊費。「雪龍號」來港的日子也就定了下來。

除了場地問題，我同時需要找贊助，協調嘉賓，辦宣傳，每天馬不停蹄。「雪龍號」訪港是向香港市民推廣中國極地考察事業，甚或是宣揚國民教育的大好時機，意義和中國太空人訪港相若。我第一時間通知了政府的有關部門，但得到的回答是時間太倉卒，未能支援。看來，我只能孤軍作戰了。但以我一人之力，要在這麼短的時間，籌辦這樣一個重大的活動，實在是一項不可能完成的任務。儘管如此，我還是下了決心要辦一個不失體面的接待與歡迎禮。我靠的只是滿腔熱情，憑着丁點兒的人脈關係去敲門。

其實我並不喜歡尋求贊助，因為一旦被拒絕，會覺得很難過。而且找贊助也會影響行動的自由，我寧願用自己賺來的錢。這些年去極地的經費，亦幾乎完全依賴自己的積蓄。但此刻，我真的沒多少錢可再花了。

為此，我必須親自去找贊助，有時候還需要強忍着傷口的痛楚去趕地鐵、追巴士。我很感恩有不少好友及工商機構與民間團體不計利益，給予幫助。經費，就是這樣點點滴滴的籌回來。

雪龍號抵港

2004 年 10 月 29 日，滿載第二十一次中國南極科學考察隊一百三十七名成員的「雪龍號」破冰船，昂然地駛入維多利亞港，停靠在香港尖沙咀海運碼頭。

中國國家海洋局極地辦公室的領導人、特區政府部門首長、中央駐港機構代表、科技界名人，以及眾多贊助是次活動的工商界人士出席了迎接儀式。我聯同好友香港女童軍總會陳素英總監，在短短的日子中，同時組織了香港女童軍總會、香港童軍總會、香港基督少年軍、香港基督女少年軍、香港少年領袖團等有關團體，組成龐大的儀仗隊，在碼頭舉行隆重歡迎儀式。為此我不知開過多少次會議。

正當大家在各大電視台與傳媒機構的鏡頭前，對這個隆重莊嚴的場面表示讚歎的時候，我由於過度勞累，雙腳一軟，差點支撐不住。當時並沒有人知道我正忍受着病痛的煎熬。當風笛隊奏起音樂，我與一眾嘉賓登船時，我又一次精神抖擻，思緒飛向了南極。

「雪龍號」在香港停留三天，開放給香港市民上船參觀，共接待了近二萬名參觀者。船上展出了「南極考察二十周年圖片」，同時陳列了南極的地衣、石頭、賊鷗、阿德利企鵝等標本，還有極地交通工具，包括直升機和雪地摩托車等等。我更專門組織了數百間學校的師生代表上船參觀，並與船上科學家會面，以及安排考察隊員分組遊覽香港，訪問香港海事處等政府機構。我亦籌辦了一個極地晚會，特別邀請了中國科學家在科學館進行講座。

11 月 1 日中午十二時，破冰船在汽笛聲中離開香港，踏上南極考察征途。

那天，我拖着疲勞的步伐上了的士，司機一下子認出我來，還感謝我的辛勞，免收我的車費，義載我到目的地。看到香港市民的欣賞之情，我知道這一切努力都是值得的。

極地雄風

數月後，在 2005 年 1 月 18 日，中國極地考察隊的十二名隊員成功登上了南極最高點 —— 冰穹 A，這一壯舉引起了全國的歡呼與振奮。南極有四個著名的點，其中冰穹 A 是最高點。這一天，五星紅旗終於在這片極地之巔高高飄揚。

雖然我不確定自己的身體狀況是否能夠應對，但這一壯舉讓我心生再度前往南極的念頭。

2005 年 12 月，我再次帶領香港隊員前往南極，與戰友們在長城站重聚。這是我第六次踏上南極的大地，也大概是我的最後一次。沿途的每一步，喚起了我二十年來對極地的深厚感情。當看到老戰友們時，我們緊緊擁抱、握手，熱淚盈眶。

病痛很折磨人，但這段日子我過得很充實快樂。經歷生死劫難後，我更能感受到生命的寶貴。我慶幸自己還能像常人般行走、進食，亦決心要將賺來的日子花在更有意義的事上。

我必須感謝黃錦權醫生對我的關懷和支持，他的善舉給了我無限的勇氣和信心。我還要感謝一路上所有支持和關心我的人，是你們的愛和鼓勵讓我勇往直前。

为人类和平利用南极做出贡献。
邓小平 一九八四年十月十五日

圆满完成各项考察任
构建和谐海
明海洋需要健
中国第三次

第17章
(CHAPTER SEVENTEEN)

極地博物館

尋尋覓覓

自從 1985 年我第一次從南極歸來，我便了解到保育這個極寒之地的重要性。1987 年重返長城站後，我心中便孕育了建立一所極地博物館的心願。

全球都沒有一個關於極地的博物館，而這對教育和科研都有很大的價值。中國科學家從本世紀初就開始青藏高原研究，水平領先世界。八十年代展開南極考察，建立了長城站和中山站。九十年代加入國際北極考察行列，取得令人矚目的成果。中國獨有的地球三極對比研究，在全球環境的宏大科學潮流中佔有特殊的地位。但作為世界大國，中國還沒有一座世界一流的極地博物館。

1

1 雪龍號於 2004 年 10 月 29 日上午，
駛進了香港維多利亞港

1996 年，我向中國科學工作者提倡這概念，解釋建設極地博物館不僅是科學家的夢想，也是保護人類生存環境的需要。博物館標誌着中華民族環境意識的醒覺，是一項二十一世紀的宏偉工程。同時，中國極地科學家的事業需要社會大眾了解。他們有大量珍貴標本向公眾展示，寶貴的極地科學資料與研究成果，應當有永久性的歷史檔案紀錄。現代極地研究要建立現代化信息系統，與世界各國科學家共享研究數據，而極地博物館正能發揮這個功能。

1997 年，我成立了中國極地博物館基金，積極推動在中國建立極地博物館。

在我的推動下，上海最先落成了「極地海洋世界」。而我最大的心願，是能在香港建一所極地博物館，讓我把一生的心血都在這裏展示出來。

然而，那一年正逢亞洲金融海嘯，經濟低迷，尋找贊助難上加難。

幾經尋覓，我找到了海洋公園附近的一片土地，並向時任香港特區政府行政長官董建華先生提出建議。

我構思的極地博物館不僅有教育意義，還包含娛樂、旅遊及研究元素。博物館可加入電影院播放世界各地有意義的紀錄片及短片，以及通過高科技及多媒體技術營造互動元素，讓踏足博物館的人恍如走進人跡罕至的冰雪世界。

為了這份建議書，我畫了一個詳細的設計圖，還特意找來建築師好友 Tim Ho 為博物館準備建築圖則、建築預算、施工物料、人力資源等資料，遞交給海洋公園高層及有關當局進行評估和審批。

終於有一天，海洋公園的高層邀請我到他們的辦公室面談。

我提前到達，在會議室裏等待着他們的到來。下午三點，他們準時進入會議室，各人嚴肅地坐下來。對方共有八個人，其中二男一女是外籍人士，還有兩位是特區政府的官員。

我用五分鐘的時間，介紹了興建博物館的意義，並展示了我的設計理念和藍圖。對方聽完後，每個人都問了很多問題，我全部一一作答。

談及博物館的經營和管理，一個高層問我：「博物館由誰來負責營運？得到的收益如何攤分？」

這是他們最關心的問題，因為這關係到博物館的最終決策權及盈利。

我坦然地回答道：「我從不是抱着做生意的心態來做這件事。這座博物館建成後不歸我個人經營。我只是參與者、推動者，由你們去經營、發展和管理。但我會全力支持，也願意將我畢生的經歷以及多年積累下來的畫作、圖片、影片及珍品貢獻出來。」

聽完我的回答，他們全都露出了笑容。他們或許終於明白，我從來不望報酬，所做的是純粹出於對科學的熱愛與對大眾教育的貢獻。

歷時一小時的會議終於結束，氣氛至散會時才顯得比較輕鬆。這時，一位高層走到我身旁說：「我也想去南極，可是老婆不讓我去。」另一位外籍高層也走上前來，說：「我很欣賞您。我們會將這個方案提交給董事會，讓他們做出決定。」這時，我心中充滿了希望。如果建議獲得接納，我希望在2001年，博物館能夠在香港動工興建。

可是，幾個月後，我還沒收到回音。在我積極查詢後，終於收到回信，我的建議未獲批准。

之後的數年，我研究過所有可能性，考慮過村屋、工廠、貨倉。可是香港地價實在太貴，即使找到合適的地方，籌得買地的錢實在太困難了。

極地博物館遲遲未能成立，我只好馬不停蹄到各大學、中學及小學演講。每次看到學生瞪着好奇的眼睛，都成為我繼續覓地成立極地博物館的動力。

夢想成真

在香港中文大學邵逸夫堂的一次演講裏，碰巧沈祖堯教授也在席下。他非常認同我的理念，我便趁機向他表述希望建立極地博物館的夢想。

經過漫長的等待和不懈的努力，終於皇天不負有心人，在沈校長的幫助下，香港中文大學答應撥出土地予博物館，並獲得香港賽馬會的贊助。

「賽馬會氣候變化博物館」[20] 於 2013 年 12 月在中大正式開幕，結束我二十六年的等待。

一個人能夠用一輩子的精力來完成一件事，就已經很知足了。

沈校長，謝謝您讓我的夢想成真。這不僅是一座博物館的誕生，更是對無數極地科學家和探險家的崇高致敬，也是為我們下一代留下的珍貴寶藏。

20 博物館位於香港中文大學康本國際學術園八樓，提供有關氣候變化的展品和多媒體互動展覽，讓公眾尤其學生和老師緊貼及掌握可持續發展的趨勢。

1 樂詩跟高錕及查良鏞（金庸）合照

2 由樂詩創辦的非牟利機構 —— 極地博物館基金的標誌

1

1 攝於 2013 年 12 月「賽馬會氣候變化博物館」開幕日

其中《白色力量》和《三極宣言》兩本大型中英文圖冊，涵蓋了我二十多年極地生涯的主要攝影作品。

一直以來，我歡迎任何人使用著作內的照片，絕對不會追討版權。到現在還不推廣環保概念，等到何時？如果地球沒有了，還要那些版權費來做甚麼呢？

我希望通過書籍，讓沒有機會親自到極地探索的人也能夠感受我所經歷的點點滴滴。有時候，當我遇到喜歡但沒能力購買我的書籍的學生，我亦會將書籍送給他們，希望能為他們帶來一點啟發。

傳承

學生們的笑容是我前進的動力。我發現快樂其實很簡單，有時候在街上遇到以前教過的學生，一句簡單的寒暄，就能讓我開心一整天。看到他們茁壯成長，我也會感到無比幸福，這種感覺甚至比攀登珠峰還要強烈。

我鼓勵我的學生趁年輕多去周遊列國，感受世界不同的文化。哪位學生要是準備到外國遊學，如有需要我都會送給他們一張永久青年旅舍證以作鼓勵，讓他們像我年輕時那樣，帶着背囊、睡袋遊世界。人們說，人生是旅途，但我認為旅途才是人生。

第18章

(CHAPTER EIGHTEEN)

教育傳承

教育

多年來，我涉足山海，從未停歇，但近十年來我逐漸放慢腳步。體力已無法支撐頻繁的探險工作，我自然而然淡出南北兩極的科學考察。

然而，作為一名活躍的探險者，我又怎能輕易停下腳步呢？生命有限，探險的使命必須傳承下去。我希望通過自己的見聞，教育在都市中成長的下一代。在南北極探險時，我曾得到不少中國科學家的幫助與照顧，如今我也希望能將這份無私的關愛傳遞給更多人。

這些年來，我在香港的各所學校演講次數已經達到了上千場，我跟不同學校的學生分享了自己的探險經歷。看着我所拍的照片，他們紛紛舉手發問，探詢有關極地考察的問題。看到他們對知識的強烈渴求，我心懷安慰。

很多學生不明白為何我毅然放棄了擁有的事業和財富，孤獨而平靜地走上漫遊之路。其實每次從極地回來，我都告訴自己這是最後一次了，可每次都情不自禁地想要再去。對我來說，那是一種神秘的召喚。又或許，只有遠離喧囂的都市，才能讓我靜靜地品味生命與地球之間的密切含義。

曾經有學生問我：「你快樂嗎？」

我說：「當然，我是個無比幸福的人，能將事業與興趣完全融合。每天工作時就在快樂中打滾，活在自由的環境裏。每天都很早起床，因為我實在太喜歡活着。每次醒來，發現自己還有很多事可以做，就會快樂一整天。」人們稱我為探險家，但其實我去的並不是探險，而是工作和享受。

我花費了大量時間去探索人生，現在找到了前進的方向，但也感到時光不多。我更希望鼓勵青年人，抓住年輕時光，不要等待。現在是最急迫的時刻，有理想就要勇往直前，不要猶豫。

年輕人該有創造力，不墨守成規，也不輕易滿足現狀，對世界的渴望永不止步。我鼓勵學生開創一條新路，不擠人家的路，也不傷害任何一個人。只有這樣，才能在這充滿潛力和機遇的世界中，尋覓到自己的理想和使命。

對於很多人來說，探險考察可能比起教育工作來得更宏偉，更引人入勝。但對我來說，這兩種工作是不可分割的，意義同等深遠。

這個世界很大，有很多值得他們探索的人和事。我希望聽我演講的人，不僅能夠了解我的故事，還能明白世界各地有許多人仍在為生存而奮鬥，為人類的歷史而努力。這些人從不輕言放棄，努力找尋生活的出路。我希望能夠通過自己的行動和言語，教育年輕的下一代，珍惜生命，並以積極樂觀的態度面對前路。

我亦受邀為香港中文大學的通識教育課程擔任講師，與青年學子分享我的極地經歷。在這十年的教學中，我看到了香港學生的精神面貌，深刻感受到他們的善良和同理心。我希望通過自己的經歷，激勵他們在青春歲月裏勇敢追尋心中的夢想。

為了宣揚環保，喚起人們對地球生態危機的意識，我多年來出版了十多本有關我的探險心路歷程和攝影作品的書籍。這些書籍包括《背囊 · 睡袋 · 遊中國》、《年華之音》、《南極夢幻》、《極地驚情》、《南極長夜》、《南極追蹤》、《北極追蹤》、《茫茫北極路》、《北冰洋細語》、《與愛斯基摩人同行》、《地球三極探秘》、《南北極足音》、《珠峰密語》、《沙漠行舟》、《雪域紅塵》等。

很多時，我都會像李鐵夫師叔那般，在固定的會所餐廳，接見不同的學生，談談近況，又談談理想。

我一直在思考一個問題，何謂傳承？

傳承，不一定是讓下一代跟隨上一代的步伐，做同樣的事情。

當然不少學生像我一樣，走環保、探險的路；但有更多的學生成為了老師、社工或是專業人士。即使不是投身環保事業，他們依然在不同的生活崗位為社會服務。傳承不是在於找接班人，而是將我的信念、勇氣、精神和價值觀，傳揚下去。

路該怎麼走，本來就該由年輕人自己選擇。

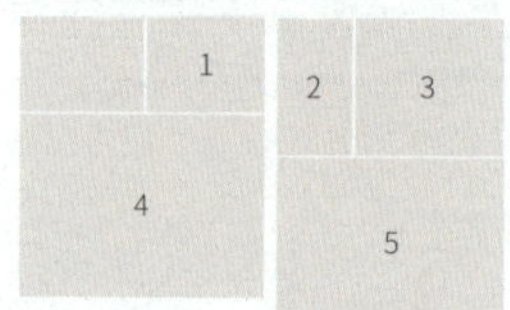

1　樂詩與設計師馬志雄

2　馬志雄以樂詩的形象製作的人像模型

3　樂詩與時任香港特區政府行政長官董建華合照，推廣白色力量

4-5 樂詩出版的書籍及光碟

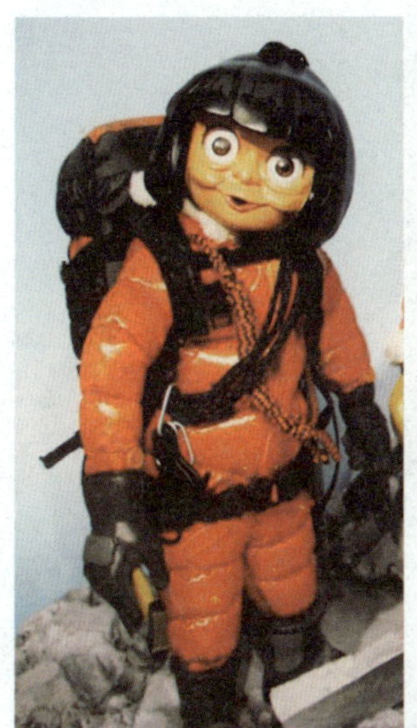

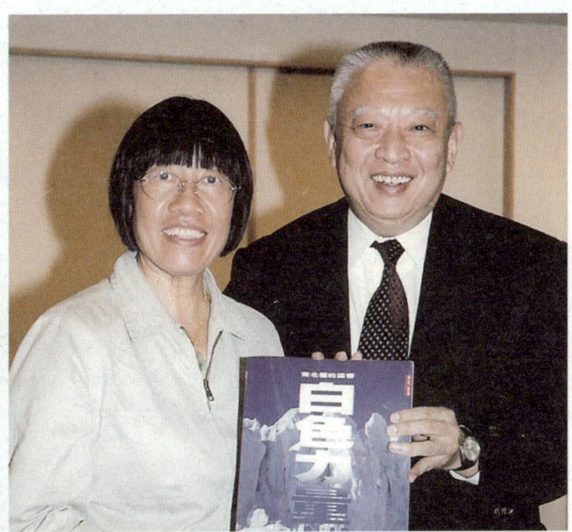

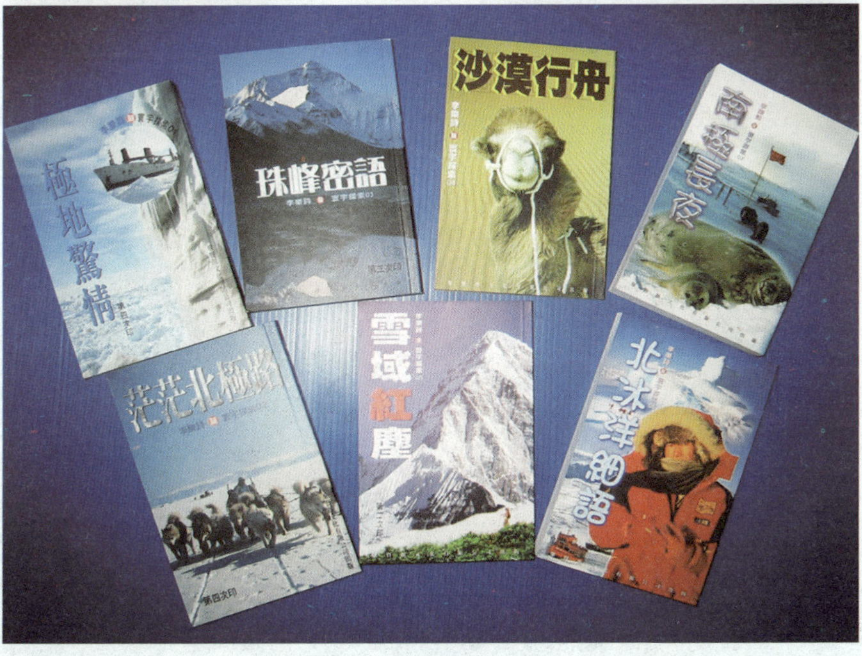
極地驚情
珠峰密語
沙漠行舟
南極長夜
茫茫北極路
雪域紅塵
第四次印

YOUTH FORUM 2013
香港童軍青年論壇
HONG KONG SCOUT YOUTH FORUM 2013
YOUTH THINK
YOUTH SPEAK
2013.7.27-28
敢想・敢言

1 於 1993 年由樂詩領隊的香港科技協進會南極考察團，各隊友至今仍會每年聚首一堂

2 樂詩與陳茂波司長合照

第十九章

未來

在我未來僅存的日子，
我希望透過藝術，
繼續講我的故事。

二十年

第19章
(CHAPTER NINETEEN)

未來

賺來的每一天

一年有三百六十五天。而每天的二十四小時，睡覺花了大部分時間，醒來的時候還要吃飯、上廁所、休息、娛樂。以每天八小時工作計算，人一年實際只有一百二十天。

如果一個人能夠活到七十歲，我算了一下，大概有八千四百天。古人說「人生七十古來稀」，這話說得沒錯。

在我的時間規劃裏，我將每二十年劃為一段：

第一個二十年：學習知識，鍛煉身體。
第二個二十年：努力賺錢，開拓眼界。

第三個二十年：實現夢想，回饋社會。
第四個二十年：傳承智慧，留給後人。

我現在已經步入第五個二十年。

我自己算了一下，已經度過了九千八百四十天，如果能活到九十歲，我還剩下九百六十天。這筆生命帳一算，不禁使我大吃一驚。

人生的經歷，各有不同，但每個人都要經歷生死。我只能更珍惜每天的日子，把時間更準確、更有效率地運用。

我到現在還是很忙碌，一天有做不完的事，每天晚上依然等到我的精力燃盡才捨得睡覺。每天早上起來，我都很感恩，我還活着。在地上每活多一天，都是賺來的。

藝術包裝科學

剩下的日子，我會繼續努力把人生的歷程，一點一滴地記錄下來。

這本書是第一步。

藝術是我生命的起點。從繪畫、攝影、寫作、廣告、旅遊、電影以至極地考察，我將生活、工作和興趣三合而一，完美融合。而在這個軌道轉了一圈之後，我依舊保持在藝術的主線。

常有人問我，作為一個藝術工作者，闖進以男性主導的一群科研人員當中，會否格格不入？其實大部分科學家都很感性，具備審美眼光。他們長年累月面對大自然，一片樹葉、一柱冰、一隻鳥，全都是巧奪天工的自然美。每當我看到南北極海岸天然形成的冰雕時，我總能感受到大自然的奇妙魅力。在冰雕前，我彷彿也化作一座冰山，靜靜地在海洋中傲然存在。藝術與科學本來彼此穿梭，我們若懂得欣賞大自然的美，又怎會忍心肆意傷害這個環境？

身為一個從事藝術的人，我深深地體會到，自古以來，藝術家們都從自然中汲取靈感，從而形成獨特的風格。大自然，正是藝術家們的無窮靈感之源。古代的藝術家經常徜徉於山水之間，大自然的神秘力量賦予了他們的作品無盡的生命力，孕育出超越人類想像的動人故事和深刻哲理。

在我未來僅存的日子，我希望透過藝術，繼續講我的故事。

講不完的，便交給下一代延續下去，繼續流傳。

極地歸航

李樂詩的光影紀行

口述　李樂詩
作者　譚建忠
責任編輯　林沛暘
裝幀設計　麥穎思
排版　時　潔
印務　劉漢舉

出版
中華書局（香港）有限公司
香港北角英皇道 499 號北角工業大廈 1 樓 B
電話：(852) 2137 2338　傳真：(852) 2713 8202
電子郵件：info@chunghwabook.com.hk
網址：http://www.chunghwabook.com.hk

非凡出版
香港北角英皇道 499 號北角工業大廈 1 樓 B
電話：(852) 2137 2338　傳真：(852) 2713 8202
電子郵件：info@chunghwabook.com.hk
網址：http://www.chunghwabook.com.hk

發行
香港聯合書刊物流有限公司
香港新界荃灣德士古道 220-248 號
荃灣工業中心 16 樓
電話：(852) 2150 2100
傳真：(852) 2407 3062
電子郵件：info@suplogistics.com.hk

版次
2024 年 12 月初版

規格
32 開（140mm × 200mm）

ISBN
978-988-8912-37-7